膿《う》み

田丸依莉
ELLY TAMARU

Clover
クローバー出版

膿み——父親に、愛されなかった娘たちへ

プロローグ

『小さな丸い玉になりたい』

～人間は幸せになるようにしか出来ていない～

これは、私が地獄の半生をくぐり抜けて掴んだ本音です。そしてそうなることに、人や環境や年齢の違いなども何も関係しないということもわかりました。

この本の主人公は私です。

ここにあるのは、その地獄の入り口を作ってくれたひとりでもある亡き父へ書いた手紙です。

＊＊

お父さんへ

お父さん。

私があなたのことをこんなふうに呼んだことは、いったい何回くらいあったでしょう？

あなたは常に私にとって、乗り越えるべき大きな岩であり敵であり、屈服させる相手でした。

そしてあなたもまた、私に対して憎しみの極限を振りかざしては恐怖の底に突き落とし、私は何度も暗い闇の中に落とされました。

物心ついた頃からずっと、私は素直に自分を見せたことはありません。したくても出来ないという苦しみが、常に心にあったのです。

自分を素直に表すこと。

一番したかったことなのに。

私の自由を完全に奪い、それを手の中で転がすようにおもしろがっていたあなたのことを、私は一生許すことはないと信じていました。たとえあなたがこの地上から消えてしまったとしても。

あなたを屈服させること。
それはいつしか私の人生において最大の喜びと化しました。それがどれだけ自分の心と体を痛めつけることになるのかも知らず。そしてその思いは、次第に心を破壊し、その限界すら超えさせていきました。

でも、他人には決してそんな片鱗も見せず、あたかも幸福感いっぱいのように生きている。そうせざるを得ない現実。それもひとつの運命。

あなたが亡くなって、私は三度大病を患い、最後は命と向き合う最大の危機も迎えます。治るかどうかは未知。

「生きているうちに一度でいいから、幸せを実感してみたい」
「一度でいいから」

心の悲鳴。

いよいよ極限に立った時、私はやっと気づいたのです。

自分が何か忘れていることを。


「そんな中でも生きていることへの感謝」

そして、「あなたもまた私と同じ、幸せを求め愛に渇望していたひとりであったこと」。

あなたの子として生まれてきたことでもたらされた、壮絶を超えて生きてきた半生のことを、私はいまこうやって書いています。


それは、「人は必ず、幸せになれるようにできている」ということ、その生きてゆくことの意味を伝えることで、勇気と励ましになればと思ったからです。

私は、それを証明して生きたのですから。

お父さん、私はこれからの人生をこう思っています。

「小さな丸い玉になりたい」。

それは余りに小さすぎて、人に踏まれるかもしれないわずかばかりの小さな丸い玉。
どこにいるのかさえ見えない程。

でもその丸い玉は、この地球上のどこかで、苦しくて悲しい思いでいる人がいたならば、すっとそばに寄り添って、眩いばかりの光を放ちその人を力づけ、ずっとずっと幸せに生きてゆけるようおまじないをかけて、その場所を離れます。

そんな人になりたいです。

たとえどんなふうに生まれてこようとも、私たちは必ず幸せになれる。
それを教えてくれたのは、お父さんです。

やっと、ここまで来ました。
ありがとう。感謝をこめて。

では、始めます。

「究極の結婚」

「まあ、いいんじゃないかと思う」

私の父と母は見合い結婚だった。

うちは代々、教育家の家庭で、父方の祖父は学校の校長で戦時中は中国に渡って校長職を務めていた。その母になる曾祖母もそうでやはり教師だった。おまけにお武家様のお家柄という、簡単に言えばお堅いお家筋。今はもうないが私がまだ小さい頃は、御先祖の娘様方が愛用していたお琴や自身の短刀、武士のシンボルの刀などが家に残っていた。

祖母のほうはどうかと言うと、正反対の商家の娘で、先祖代々の商売屋。そして、その間に生まれたのが父という訳だが、得てしてこういう教育重視主義のお家柄の、それも第一子、長男として生まれるとなると、子供への教育観・子育て観にも多少の理想があったようだ。

今も昔も、こういうことには変わることなど無いのが世の常なのだろうか。親と子供の思惑には、〝違い〟というものが存在するのは当たり前で、どうも父にとってもそれがあったようだ。その後の彼の人生にも影響をもたらした節が多々ある。

しかも、子供に良い教育を受けさせたいと願うばかりに、他国に渡って高給職を目指し、その結果、家族とは離れ離れになる運命をたどる祖父。彼もまた、実は心に哀しさを秘めて育っていた。

祖父が母と呼ぶその人は実の母ではなかったのだ。いわゆる曾祖母にあたる。これから先は性格が物を言う所だと思うが、どうやらその曾祖母は、仮の息子である祖父にとって、愛情あふれる母とは、少し遠かった人だったようだ。

そんな親子関係で成長した祖父は、我が子に対する並々ならぬ教育熱心さを持ち、普通の親以上に、我が子に対する夢や叶えてやりたいという願いが自分の中に多かった。

祖父は中国に渡り校長として手腕を発揮していた。周囲から尊敬され大事にされ、広い瀟洒な家に住み、数年後、家族全員を呼んで暮らしている。なんせお手伝いさんや乳母が数人いた暮らしというのだから、今でもそんな家はなかろうに、相当のもてなしだったことがよくわかる。

それだけでよかったのに……。

それでは済まないことが起きてしまう。

戦争の勃発。

妻子を先に国に戻し、ひとり残る祖父。そして迎える終戦。

さかのぼってみる。私の半生の地獄と試練の大本になったきっかけは、どうやらこの、「妻子を先に国に戻し～終戦～戦後」の、この辺りに付随する。夫のいない、父親のいない母と子だけの生活内で起きていた、日々の繰り返しの延長線から始まった。とみられる。

戦争の爪痕とは、表立った現実と並行して、市民の生活にも見えない傷を多大に残している。このファミリーがまさにいい例だろう。一家は離れ離れになってしまい、祖母はあの時代に女手ひとつで子供達を育て上げねばならないという、ストレスとの戦いのなかにいた。

とは言っても、それでもなんとか、育てやすい子であったり、親のほうが気が変になるなどということのない子育て事情であったなら、まだしも良かったのだ。

思ってしまう。人間はどうしてかくも、ままならないのだろう。

親子関係もひとつの縁とはいうけれど。それにしても、と思わざるを得ないヤツが誕生してしまっては……。

父のことだ。

類まれな性質を持ってこの世に生まれてきた。しかもそれが長男であり、連日引き起こす想像を絶する迷惑行動の対処で、毎日がとてつもなく大変な日々だったそうだ。当時のことを聞かされていた頃よく思っていたが、現在《いま》でなくてよかった、今だったら、警察に通報されてエライことになっていただろうと、子供心に思っていた。簡単に理解が出来るほどの超ワル。時代の違いにつくづく感謝。

誰も助けてくれる人はいない。夫のいない生活。今だろうが昔だろうが、苦しさには変わりはないのだ。そんな状況で子を育てるだけでも大変なことなのに。母親としてだけじゃなく、女としての自分の気持ちもあっただろうに。

それでも、家族全員をひとりで支えるという相当の思いをしながら、日々格闘して生きていた祖母を、果たしてこれを〝出来た妻〟と言うだけでいいのだろうか。それとも、猛母と言ってしまってもいいのだろうか。

そして時は経ち、彼ら私の祖父母の息子も結婚の時期を迎える。
待ちに待った話。家族にとって。

待ちに待った……?

親が教育家なもので、セッティングしてくれる仲介者も教育関係者。だから紹介するのも言わずと知れた、先生、女教師。そう、私を生んでくれた母は学校の教師だった。

そして曾祖母が今からおよそ100年ほど前、私財を全て投げうって開校した、由緒正しき教育機関となる私立学園の一人娘として私は生まれた。……というと非常に聞こえはいいのかもしれない。俗に言う、お嬢様？　まあ、本当にあった人生の荒波と試練の数々をスルーすれば。というお断り付きだけど。

当時。今とは男女共に結婚事情も違ったようだ。まだ世の女性達が結婚相手に望む理想として、三高がいいの、何がいいのと、そんな風潮になるよりも更に前の時代。男性側も女性側も、双方のあらゆる〝ふるい〟があったような時代。結婚の流儀とも言おうか。家と家の婚儀。

でも……。

彼の場合は違っていた。どうにかして、この男を気に入って〝頂いて〟、結婚して〝頂いて〟、家から出て行って〝頂いて〟という切なる〝願い〟があったから。

「よろしくおねがいします」

2人が何度目かのデートを重ねた数日後、紹介者を通じて先方の女性の意思が我が家に伝えられた。

「まあ、いいんじゃないかと思う」

それから程なくして2人は結婚した。そしておよそ一年後。その女性のお腹から、へその緒を二重に巻き付けた瀕死スレスレの状態で、オギャーとも一切言わず、声も出さずに、とても静かに生まれてきたあるひとりの女の子がこの世に生を受ける。

それが、私。

というか誕生前にも、無事に生まれて来るのか周囲はハラハラだったらしい。母は大きなお腹のまま何度か階段から転げ落ちている。

そうなる訳……。それこそが。

そこからが、いよいよ始まりな訳で。

あんなに自分を好きでいてくれた夫。次第次第に変わってゆく夫の視線の色。そして向けられる否定の言葉の数々。私が母のお腹にいた頃、新婚夫婦だった両親。

日々、心配で不安。子供を授かったというのに段々と自分を見る目が変わってゆく夫との生活。訳がわかれば苦労はない。言いようのない不気味な夫婦生活。妊婦が心身を壊してゆく理由なんて、そんなものは生活上のあちこちに転がっていたのだろう。いわゆる情緒不安定。プラスして、夫婦として先の見えない心配と多大なストレスを抱えながら、母は私を産んでくれた。

トツキトウカ、私の住まいは母のお腹。あとになってわかったことが山のようにあるが、私は幼児期からずっと情緒不安定な子供で、常に心の中に恐怖心を持ちながら生きていた。母のお腹にいた時の、この頃の胎児体験。

会ったことはない人なのに。これに関係があるとは。

正直に言う。うんと小さい時からつい最近の大人になってしまってからも、私は毎日不安でドキドキして、怖くて、心細かった。それはたぶん、母が私を身ごもっていた時のように。同じように、私たちは感じ合っていた。

神童って言葉がある。父は優にこれを超えている。超超頭脳明晰。

だから？

私は決してそういうのを認めない。人間の最も大事なこととそれとは、一切なんの関係性も持たないと信じているから。

頭脳明晰でアタマがいい。だけならまだ救われる。彼の場合はそこからが脅威の領域で。

自分という人間は神様も仏様もかなわない、〝俺様〟なのだ、とよくほざいていたそう。この時点ですでにバカ丸出し。自分で自分をほめちぎるヤツに限って確かにアタマはいいかもしれないが、人間バカ。百歩譲って、神様やら仏様やらを引き合いに出すところがカワイイもんだと、可愛くバカにしてやろうか。

戦前戦時中当時の若き血潮の男子達の憧れとも言うのかわからないけれど、素晴らしきエリートコースの海軍兵学校にトップ入学して、難関大学になんの苦労もせず合格して、ことごとく誰をも見下す大バカ野郎。

自分の上にはなんびともいない。なんと哀れな奴だろう。

学生時代よく思っていた。産みの母には会ったこともなかったし、もし感謝と言われてもピンとこない対象ではあったが、それでも唯一感謝したのは、こんな人間バカだけの血が流れていずに、もう半分は普通の人間の人の血が流れているおかげで、どうにか体内で培養され調合されて、何とかスーパーバカタレな人間にはならないで済んでいるのではなかろうかと。

こんなことを言うと、言う自分もやはりバカタレと言われそうだが、本人的には素直な感想だったのだ。だって、そこから生まれてきたのだから。本人的には至ってマジな……。

そして、私はのちに小学生になる。私は自分に与えられた宿命との対峙のたび、事あるごとに、こいつをねじ伏せるには子供らしい感情論など到底通用しないことを知る。相手が我が子だろうと誰だろうと、一緒だったから。

見下す対象としか映らない。
いや、我が子。だからこそ。一層、突き付けていたのだろう。哀れだ。
こんな親なれば、子も対応策を考えなければ無事には生きてはゆけない。
相手はもはや親ではないのだから。

「敵」

悲しくても、それが現実。それでも人間の成せるひとつなんだ。
受け入れて。進む。しか道はない。

あらゆる知恵比べと、理屈仕立ての体系論の発想と問答の修練のおかげで、私はいかなる時も理論を筋道立てて理性と共に表現することで、相手に勝つすべを覚えてゆく。

嫌でも。
そうしない訳にはいかなかった。
嫌でも。
それが唯一、自分で自分を守る道だと、子供の私には思えた。それが良かったとは思えない。本当の自分に自分にフタをすることと同じだったから。

再び、両親。若き日の2人に戻してみる。

新婚の頃。案外そこそこいいカンジの新婚さんだったらしい。ほう〜、その当時はまだ暴力は出なかったんだ。お互いに気に入っての結婚。そして私は生まれた。じゃあ、なんで別れたの？

それにしても、なぜ女とはこうも口せわしいというか、男の兄弟には何か言いたがるというか意見したがるというか。私にも男の兄弟がいたら、そうなっていたことだろう。仕方ない。そういうもの。
思うに、父はマザコン。それも、超。結婚は家と家との結婚とは言うが、彼には身近に3人の知恵付け者が常時いた。自分の母と妹たち2人。この2人こそ、私に洗脳の集中教育を浴びせ、のちに父とは別の意味で人生の苦痛をくれた人たちでもある。

人間とは不思議なもので、自分はいいと思っていたとしても、余りにも周囲や外野が否定的なイメージやちょっかいを与えることによって、段々と自分の思考も感化されるものらしい。
まさに父がこれ。最初、あんなに気に入っていたはずの母を、外野の人間達のマイナス意見に流されて……。お腹には自分の子が入っているのに。

今でこそ「嫌ならすぐに実家に帰っておいで」なんて言うけれど、あの頃は、例えば離婚なんて言葉さえ隠していたという時代。母の実家は決して裕福ではなかったらしいから、そんな「嫌だから、しばらくここにいさせて」なんて実家帰りでもしようものなら、隣近所や職場からどんな目で見られるか、聞いただけでも察しがつく。

ああ、まあ自分もそういう同じ女だから何も言えないけれど。女というのは今も昔も口が……。そんな女たち3人に囲まれて、父じゃなくてもカンが狂ってしまうのだろう。ちょっと言うところの、色眼鏡で見るというやつ。でも、それにしてもそこまで毒されるかね？　アタマ、いいんじゃなかったっけ？

何をやっても。何を言っても。裏目裏目に取られてしまう。疑われる。否定される。

こりゃあ、最悪な環境だ。そりゃあイライラするだろう。動揺も走る。常に不安定だな。教師だから明日の授業の準備もしなきゃいけないし、生徒の前でそんな素振り、見せてはいけないし。

性格はさておき一応エエとこのボンと結婚した訳だし。子もできて今が一番ハッピーな時に、家の中の本当の事情は誰にも言えないし……。そして数度の階段落ち。私と母は一緒に痛みを背負って転がった。

神様、感謝します。

普通、ここまで妊婦がストレスを持ったまま、それも転げ落ちまで経験したら、流れても仕方ないです。でも、私生まれてきました。そこまでしても、生まれてきたのだと、随分あとになって思うようになりました。その意味を知る旅を、私は今まで何十年もの年月をかけてしていたのだと思います。

自分で言うのもおこがましい言い方ですが、尊い命だなあと思いました。だから私をどうぞ、神様のお役に立てるよう、どうぞお遣いください。なんだってさせて頂きます。私に託された使命があるのだとしたら、どうぞおっしゃってください。どんなことも受け入れます。

たとえ周囲が何を言おうと、自分を通せばよかっただろうに、2人共。

それだけ周囲の女たちの〝圧〟は強かったのだろう。その圧に反抗して、仮に素地はあったとはいえ、父はあれだけの暴言暴力を日々繰り返し、暴れ、大酒を飲み、幼な過ぎる自己表現をまき散らしては、人に迷惑をかけていったのではないだろうか。

そしてこれが、その圧の矛先がいよいよ私に振りかかろうとする。6年前の話だった。

「100日目の悲劇」

当たり前だがふたりは離婚した。私が生まれて100日目。表向き、協議。だが本当は違う。当たり前だ。もしも言葉に変えるとしたら「バカヤロー離婚」とか、「おぼえてろよ離婚」に限りなく近い！　らしい。なるほど。

離婚する、かもしれないムード80％あたりで、母は一度、同僚の教師達数名を、自分の気持ちを代弁してもらいに連れてきたことがあった。段々と猜疑心の視線を向ける夫、明治のど真ん中生まれの姑、言葉は出さずとも存在が煙い、何につけても性悪説的にしか受け止めない小姑達。

母は学校を卒業後、そして、その後再婚したのち退職するまでの間ずっと奉職して、その人生を教育に捧げた。そんな人なのに、この状況下では多勢に無勢で歯が立たなかったのか、それが普通の女性というか、察するに、〝あきらめた〟のだろうと思う。100日と言えば3ヶ月ちょい。

かあさん、
私を産んで嫌じゃなかったですか？
もし、私が生まれていなかったなら、もっと早くに手を打てたかもしれない。
大きなお腹を抱えて、ストレスに耐え、勤務して、
たぶんたくさんの不安と迷いの中で私を産んだのでしょう。
こわくなかったですか？
よく産んでくれました。感謝します。
それから、
あなたが私をおいて家を出る決心をしたこと。

私は恨んでいません。
もっと言うなら、同じ女性としてその決意に賛成します。
これはずっと思っていました。
もし私が一緒にいたら、あなたの次の幸福が遅くなるかもしれないからです。

かあさんの写真は家には1枚も残っていませんでした。大きくなって私が見ないように父が全部焼いたそうです。会ったこともなく知らない人といってもいいくらいですが、何となく色んなことがわかります。

それから、

こんなこと言うのはおこがましいですが、本当の母の顔も知らず、結果的にはその後、父からも悲惨な目に遭わされたり、物凄い苦難とか試練の運命が待ってはいたものの、私がちゃんと生きてゆけたのは、確かに疑問の多い人間性の人たちが多い家族構成ではありましたが、それでも誰かが育ててくれたからです。

かあさんの分も感謝しています。娘としてではありません。人間としてです。だって、もしも誰も育ててくれなかったならば、私は孤児院に行っていたかもしれないのです。

かあさん、
100日は私のそばにいてくれたのですね。ありがとう。
そしたら、私はかあさんのおっぱいを飲んでますね。
抱っこしてもらってますね。一緒にお風呂に入ってますね。
私は愛されていたんですね。
それだけで十分です。

かあさん、私はこう思っています。

周囲の大人達には確かに相当な目に遭わされました。でも、そうなる運命を背負ってきたのは、何か神様のご意志のもとで生まれてきたからじゃないかなと。自分にはわからないだけで、何か理由や使命があるのではなかろうかと。そこに気づくまでが今生の自分の修養で、ここを外して生きることは出来なかったのではなかろうかと。

そう、いつしか思うようになっていきました。

それから、肉体はないから見えないけれど、いつも私は神様に守られてきたのだと。一緒だったんだと。恐れ多くももしかしたら、赤ん坊の時からずっと、神様が私をおんぶして背負ってくださって、今まで一緒に生きてくださったのではないかな、と。だから死なずに、自分を棄てずに今まで来れたんだ、って。

抱っこではなく、おんぶされてきたのだと思いました。抱っこされたら顔が見えるから、つい甘えたくなるでしょう？　私には甘えは通りませんでしたから。なので、おんぶです。

それから、そんなことはないとは思うけれど、私がひとり、夜泣いていた時には、おぶりながら一緒に泣いてくださっていたのかもしれないですね。冗談で言いますが、神様にだってプライドがあるし泣き顔は見せられないから、背を見せて、隠しておられたのかもしれないです。

そうやって神様は、背中を見せて私を育ててくれたのだと、そんなふうに思うようになりました。

神様の背。
それは親の背でした。
そう、思っています。

だから、どうぞ心配しないでください。
あなたの選択は間違っていなかった。
私は今でもそう思っています。

人の命や魂は永遠と言います。
本来、死ぬなんてことすらないそうです。魂は永遠にあり続ける。

今度は宇宙でお会いしましょう。
すぐわかりますよ。きっとね。

「静かな赤ちゃん」

赤ちゃんに〝静かな〟という形容詞は多くはつかない。だが、私はそうだった。お腹がすけば自分で哺乳瓶を探して口にして、飲み上げると横に置いて、また黙って眠っていた。「おもらしもほとんどなかったね」「夜泣きはまったくしない」「ぐずって困ったなんてこともない」「ほんと育てやすかった」というのが、当時を知る人たちの一般評。

背負ってきてるって、ことかなあ……。
それらを初めて聞いた時、何となくそう思った。

ぐずったり、もらしたり、何か人に手をかけさせることが多ければ、それだけ迷惑に思われてしまう。そこまではないかもしれないまでも、静かに思いを巡らせ自立心を持って生きようとするところは、他の活発な側面も勿論あったりするけれど、根本的な自分の気質は、この辺りからすでにその片鱗を見せていたのかなと思ったりする。

ただし、そんな物静かなお嬢様も2年もすると消滅状態と化し、そこからが、いよいよ、はじまりはじまり～の始まり。

まず、どこが始まりなのか。

その数ヶ月前にさかのぼる。2足歩行が楽しくなり、もしかして何でもひとりで出来るのかな？　自分、勘違いの頃。その頃の私の疑問と幸福は「なぜ、うちにはこんなにいつもお友達がいっぱいいるの？」だったことだろう。なにせ学校だ。友人にはお寺の子供がいた。「なんでうちにはお墓がこんなにいっぱいあるのか不思議だった」と言っていたことに似ている。

大人になれば、靴もフィットしたものがグッドだが、子供、それもこの年齢の頃は、ピタッとしたものではなく、履こうと思えばスルッと足が入るストレスフリーが好き。子供と言っても好みはある。人によってはオシャレ感重視でも、私はそこに、小難しい紐仕立てやスタイルなどは無いほうが有難いのだった。そう毎日が品定め。並ぶ靴箱には流行のものから実用なものまで、町の靴屋さん以上の品物を連日取り揃えてある。

すると必ず、誰かの声が聞こえる。「クツがない～っ!」

そう、もちろん犯人は私。試し履きをしていただけなのに大げさだな。女子は! と思っていたら、訴えるのは男子だったそう。今のようにかかとの高いものはないし、どちらかというと実用性重視を好む点は今とさほど変わっていない。

生まれた時は静かな人も、時は経ち、私は朗らかだった。今は朗らかなんて日本語は使わなくなってきたな、そういえば。親がどうだろうと、どんな環境だろうと、どこか天真爛漫なそんな子供。そう聞くと自分で自分が救われる。

安心する。

「早熟」

父が引き起こす様々なこととの戦闘態勢に入ったなと自覚できるのが3、4才頃から。父は私の記憶では毎日のように家でクダクダ飲んでは、酔っ払い特有のからみを見せる。しかし、それで完了ではない。さらにその後、外に飲みに出かけ、お金が足りなくなると途中で帰って来ては家の持ち金を全部持って行き、それから帰って来るとまた飲み、暴力暴言、大声でわめき散らす。怒鳴り散らす。その日の本格的な夜間活動を繰り広げ、男が決してやらかしてはいけない無抵抗な幼児、年寄りを含むすべての女性達に対して暴れる所業の数々を成し遂げてゆく。

今だから供養と思って、あえてカッコよく言ってあげるとするならば、まるで、毎日ノルマをこなすかのように暴れていた。

所業は続く。

今でも覚えているが、私にはお気に入りのお洋服があった。超が付くお気に入り。水玉模様と、白と黒のおしゃれな柄のワンピース。しょっちゅうは着ない。とっておき。それを、だ。そのお気に入りを、だ。

暴力の犠牲となって、ビリビリになってしまったのだ。宝物を。

目が点。とはこういう時に使うのか。かと言って、家の中が酔っ払いの男の怒声と格闘する大人達の中では、泣くこともはばかられ、文句を言うことも出来ず、空中に舞うお気に入りたちが、無残なヒラヒラの布となってゆく姿を見つめることしかできなかった。

随分あとになってわかってきたことに、私は悲しくても泣くことは滅多になかったが、もしかしたら、この辺の幼児体験が残ってしまって、無意識のうちに本音をかみ殺して我慢する習慣がついたのかもしれない。

逆を言うと、子供らしくない子供。

子供らしくないと言えば他にも色々ある。周りは大人しかいない。しかも、もしかしたら小説の世界のような独特のこんな家庭環境。耳に入り目にするものは、すべて大人なことの数々。

若干4才にして、私は男女間の交わりや男子の生理などについても知っていた。不思議だなあと思うのが、どれに対しても面白がって興味を持ったりはせず、淡々と、と言ったら変だけれど、クールに客観的に受け止めていたように思う。いやらしい興味はない代わりに、知識としてはあるものの体験実績が伴わないことから発する憧れ意識というか、探求心というか、があったようだ。きっとその時はこんなふうにするのだろうな、と、ひとりでイメージングしていた。早々にも。

その頃。重なったとはいえ、ちょっと困ったことが起きる。またしても。あのヤツが。

多感でもないくせに早熟な4才の自分。ある夜。そこは廊下。自分の秘部のありかに興味を持ち始めた頃。以前から気になっていた自分のそれに手を当ててみる。するとそこへ。やって来る。あの問題児が。

「なんで？　あんたが？」

私の中では大失態ともいうべき大失敗が起きたも一緒。まさか、ここに来るとは。

幼さゆえの計画不足。

「クソッ！」

だが時すでに遅し。シラッとした顔で去ってゆく。その時の光景は鮮明に依然として焼き付けられる。それらの最初から最後までの一連の行動は、のちの私の中の男性への歪んだ感情のひとつにもなるのだから。ここまでくると、心の問題と化して始末に負えない。

それにしても人間の意識構造とは、微妙な折合わせを持っているとみた。こういうことは大人にも十分にあり得ることで。例えば、同じことをされても、好きな人からされることは平気、でもそうでないなら苦痛にしか受け止められない。とか。

その時のことを、今なら簡単に言える。たったそれだけのこと、と。けれどその頃はそれは無理な話。そしてその後もずっと、それは私を苦しめた。

これがもし、何にも問題のないごく普通の親子関係だったなら。おそらくもっと、平和な受け止め方で、のんきな感覚で、それこそ家庭内の普通の親子の触れ合いとして捉えていただろう。

それは私がずっと欲しかったもの。

どう捉えるかで物事はいかようにも変化する。いちいち問題になんかしない。で済む環境なのかな、どこも。いいな。心の中では羨ましさが充満する。

そんなことで自分を追い詰めて何になるというのか。
わかっている。でも出来なかった。受け入れられないのだから。

あんな毎晩大酒を飲んでは暴れまくるヤツに……。どんなに小さな子供だとはいえ感情はある。本能的な羞恥の感情も持っている。なのにだ。毎日、そんなヤツがすることに対してかなり気を張って生きていて、本音を言うと心の中は恐怖しかないのが本音。なのにだ。自分の中ではこれは猛烈な屈辱感にも繋がっていき、そしてこのあと、これらの感情が常に同居する。曲がった感情へと発展してゆく。

「このままでは生きてはゆけない」子供なりに本能で悟る。
やっかいな感情がその後の私の人生上に起きてしまう。

「男には」
「男にだけは」
「負けない」

3才。

まだ、この世に生を受けて3年。家族をその暴力から守るために両手を広げて立ちはだかっていたその幼い子。

そこへ起きた4才のこと。色々な感情が心の中に湧きあがり形作られ居座る。男性への絶対に負けられない、負けたくないという心の動き。今思えばそう思うことで、自分で自分を守っていた、保っていた。

それは、こうとも言い換えられる。

哀れ。

今は言える。あの頃の自分に。

「自分よ、本当はね、男も女もないんだ。人間でしかないんだ。そう思ったらいいんだ。怖いことなんて何もないんだよ。自分が素直で明るく生きていけば、おのずと人は、自分にとって良いこととか嬉しいことしかしてくれないようにできている。そんなものだよ。だから安心して」
「それでも、何か悲しいことが起きた時は、ああ、これで、このおかげで、またひとつ、背負ってきたかもしれない悲しかったこと達がひとつずつ消えてゆくんだ。幸せが近づいていくんだって」

あの頃の自分。

強がって、我慢して、だけどとっても朗らかな自分。そんなふうだから、誰も心の闇を気づいてはくれない。素直に表現することを知らないまま、それを我が身の普通と錯覚して納得する。それも子供なりの気遣いか。愛情表現か。

悲しい。

それから1年が経った。おわかれの日がやって来る。突然のその日。

暴動とのおわかれ。家族とのおわかれ。子供時代とのおわかれ。
その日は確実に。やってきていた。知らないだけで。

「さようなら」

その日は本当に確実にやって来ようとしていた。母は父と離婚したあと再婚したようだ。それはいいが、なんと、学校の異動による新しい赴任先が近所の学校らしいということがわかる。

今と当時の社会環境は全く違う。親が離婚するということでも話題になる時代。両方ともに話題の人で、世間の噂と三面記事への貢献度は高すぎるくらいだ。こんな調子でまっとうな良い教育環境で育つとは誰が見ても言い難い。

私は全然行ったこともない、遠く離れた町に行かされることになる。そこにあった小学校の入学式直前に引っ越す。明日から、そこの生徒。

知らない町と知らない人たち。突然差し出された新たな運命の糸。

その中で生きる宿命。

本格的な。本当の意味で。「人生」を歩むスタートに着く。


家の中が急に慌ただしくなってゆく。身のまわりから私の荷物や使い慣れた物たちが移動し始める。大掃除はとっくの昔に終わったはず。一体なんだろう？　子供には見当すらつかない。

「明日行くから」と告げられる。詳しいことはわからない。ただ何となく、もうここにはいなくなるのだろう。ひょっとしたら来ることはない。いや、会えないのかもしれないと察知する6才の自分。


おわかれ？

その言葉が不意をついて自分の中に浮かぶ。あの日のこと、よく覚えている。

そしてその日。おわかれらしき名残り惜しい時間など何もない。動かされるままに動く。気づくと迎えの車が待っていた。祖母が見送りに来る。哀れそうに見ている。

「さようなら」だ。そこに永遠をみる。
現実のむごさを理解する。嫌は通らない。受け止めることが、今できる自分のつとめ。
こうやって人はいつの世も、流され動かされては生きてゆき、命を守るのだろうか。そこに、今生の生きる意味が隠されているのだろうか。

「さようなら」を言わなければ。言ってあげなければいけないんだ。お互いのため。今、そういう時なんだ、きっと。本能で感じる。でも出てこない。言葉よりも声が。気持ちと思考が大幅にギャップする。
人は、いざとなった時、あるいは急な大きな何かが身の上に起きた時。本音が出るものなのだろう。

6才の本音。6年間生きて来た人間の。

「わたしみたいにかなしいこはつくらない！」

叫ぶ。言い放つ。6才。

いかなる時も人は変われる。打破できる。生まれ変われる。これは私の今まで生きて来た本音であり実感だ。今までの半生。その全ての体験がそれを教えてくれたと思う。

私がそんなふうに思えるようになった今の自分になれたのも、きっかけがあった。そのひとつひとつには「必ず」と言ってもいいような苦しみがあったが、その渦中にあってはわからなくても、通り過ぎてみるとそれらは全部、意味があってのことだったことが理解できる。

意味のないことは起きないのだ。そして、それらを通して掴んだこと。
「生き抜いていく」という尊い意味。

生き抜くこと。
たとえどんなに辛いことがあっても、最後は必ず納得できる、良い未来と笑顔の自分が「必ず」待っているということ。

それを伝えるために。

幼いあの日から、自分と他者達の色んな感情の中、人という生き物がどんな生き物なのかということへの気づきと学びをさせて頂いたのだ。そう思っている。でなかったら、嘘だ。でなかったら、人間、何のために生まれてくるんだ！

そして最終的に、その有難い意味に到達した時。
私は心から、こう思ったのだった。

「産んでくれてありがとう」
「お父さんお母さん、感謝します」

それに到達するまでの日々。それこそが、人生。
わかった時、生きている喜びに変わっていった。感謝が浮かんでいった。

「洗脳すること」

知らない町、知らない人。見たこともない風景がそこにはあった。
知らないことへの不安感と孤独。緊張。

まさか小学1年生の子供がひとりで生活するなど、そんなことはあり得ない。そこはちゃんと、誰か大人がついてきた。上の叔母。父のすぐ下の妹にあたる。
周囲からの評判は高い。めちゃくちゃに。ただ、この国には〝化けの皮〟という言葉があるが、まさに彼女がそれに近い。なぜって、この人と一緒に過ごした年月の中、私が受けた最も大きなことは、

「洗脳」だったから。

急遽の引っ越しゆえ、私たちはしばらく部屋が少ない住まいに入った。そこで私がすぐにやらねばならないことは、学校までの道を覚えること。しかし、来たこともない生まれて初めての土地勘を吸収するのは、たとえちょっと大人な感覚を持っていた

とはいえ、それは普通に無理な話。とてもじゃないが、いっぺんには。

ほどなく入学式。翌日はオリエンテーリングのような時間がある。その後には正規の授業が始まるのはどこも同じように見られる光景だろう。ただ、そこで、私は全校を巻き込んでしまうとんでもない事態を、〝もう〟やってしまう。

「脱走」したのだった。

その日は体育の授業があった。歪んだ苦労はあったけれど兄弟間での摩擦やらケンカなどの体験もなく、気質的にはゆっくり型、とにかく何をするにしても至ってスロー。これは現在もほぼ同様。根本は変わらないとみた。他にも、努力しようにも変われそうにない性質。時間を急ぐこと、何かをすると何かを忘れること。

学校の講堂、って、意味くらい大人なら誰でも知っている。でも土地勘も何もない新参者は、あらゆる生活上の「カン」がついていていない。

「始まる前にはお手洗いを済ませておくこと」「みんなに遅れないこと」「迷子になら

ないこと」。新参者は毎日を無事に送ることが必死。目標だった。

「おてあらい。おてあらい。はやく。はやく」

そうやって、口の中でもごもご言いながら次の行動を意識しようとする。その日、用を済ませ自分なりにかなり急いで教室に帰って来た。でも。そこで見たものは。誰もいない空間。

入学前からすでに知った場所の彼らと、知って間もない、の差は大人が思うよりも大きい。何もない時はいい。何か起きると、その差の間には大きな川が存在する。

「きょうのたいいくはこうどうです」

そういえば、せんせい、こうどうっていってたな。でも、それってなに？

どこ？　と、何？　の段階にいる自分。いかに、にわか生徒か。

今の言葉で言うと、パニクった。で、なすすべとは。

「家に帰る」

運悪く、最初の体育の授業だからと、他クラスと合同授業。廊下沿いにある横並びの教室からは声ひとつしない。広い空間にあるのは自分の息だけ。

帰る。しかない。

自分の場所ではない。居場所はない。
たった数日前は、「行かされた」。だが今回は違う。
「どこにいても、自分はひとりなのかな」。本能で感じる気持ち。
孤独というより、みじめさが襲う。
当時、大人達には言わなかった、言えなかったことがある。
「もしかして自分は、捨てられにここに来た？」

学校では大騒ぎになっていた。学校全体をあげての非常事態。それはそうだろう。最初の授業で、ひとりの生徒が消えたのだから。前代未聞。

そんなことになっているとも知らずに、とぼとぼ帰って来た私を、隣のクラスの女の先生が、涙を浮かべて抱きしめてくれた。1年生にはだいたいベテランが配属されるが、当時も各クラスがそうだった。それにしても永い経験年数の中で、その時の事態は初めての大事件だったと思う。

「こんなひともいるのか……」

私は誰かに抱きしめられた記憶がなかった。ましてやスキンシップなど、過去に経験がないのだから、物凄く不思議な大人にも見え、また、他人に対してそれほどまでに愛情を伝えてくる不思議さも感じていた。

家族の大人達は必死で生きていた。私もそうだった。日々を送ることが精一杯、日々に追われるようにして生きる現実。大人も子供も運命共同体。ある意味みんな戦っていたのだと思う。誰かと。自分自身と。

父もそうだったのではないだろうか。というか、もがいていたのかもしれない。女と違ってプライドがある。性格があんなふう。屈折した自己陶酔。自信過剰。もしも、彼のようなあんな気質の子が生まれてきたら大人にも覚悟がいる。固まってしまってからでは修正はきかない。

運が悪いというのだろうか。彼がまだほんとうに小さかった頃、同居で曾祖母が住んでいた。当時祖母はお嫁さん。早い話が嫁姑問題。ああいう気質は子供の頃から出るのはよくあることで、どうやら例外から外れなかったようだ。

こういう光景は今もあるように、わかりやすい言い方で表現すると、婆ちゃんに〝猫可愛がり〟されて育った。嫁と姑の間に子供の教育が絡んでくると難儀なのは当たり前。当時を知る人に聞けば、祖母が父を叱ると、彼はすぐに婆ちゃんにチクりに行き援助の手を借りに行っていたのだとか。くぅ～！　腹立たしいヤツめ！　今なら、とっとと別れてバイバイというところか。昔の人はエライ。良い悪いは別にして。

よくよく考えてみると、私を囲む全ての人たちは、みんな共通のはかなさとさみしさを持って、生きていたように思える。

本当はもっと、こんなふうに生きたい！
本当の自分はこうなんだ！
と、心の叫びが聞こえる。

家族間の思惑や抱えるもの、本音って、聞こえない伝わらない分だけ、逆に集積されて残り続ける。家、家系、血族、先祖、子孫、家族、血、誕生、生まれ変わり、カルマ、業、親の代、子の代、孫の代、前世、今生。代々で解消されなかった思いというのは、あるとしたら実に深い。私はその渦中で生まれてきた。

言い換えれば、あらゆる血族達の思いとカルマの集結と終結。
かも。知れない。じゃない。かもしれない。
それこそ、神のみぞ知る。

小学生時代。この頃を中心に、早い話がある意味の〝洗脳教育〟を受けていた、と言っていいと思う。まさにその領域だった。住まいはその後、部屋の数の多いところに変わったが、他のメンバーが誰ひとりいない密室とも言えるその中で、私は毎日のように語られ繰り広げられる、我が両親への見解と物事の見方・価値観の刷り込みを受け、それはこれから成長してゆく私にとって、堅苦しさと偏った窮屈感以外の何物でもないものとなっていった。

反発しようにも他に逃げる所もない。抵抗しようにも、脳裏のどこかしらにこびりついているその思考。素直な見方を取り込もうとすると、「いや、そうではないんじゃないの?」と言わんばかりにむくっと起き上がって、違う方向へ行かないようにバリケードを立てる。

まるで鳥かごの中。逃げ場はない。

この生活を続けない限り生きてはいけないという現実。それが自分を縛っていた。

「たすけて」

自由が無い。いや、無いじゃなくて、与えられないという、見えない圧力の威力。そもそも心の自由って何？　そんなもの人間に与えられているの？　あったの？

私には無かった。

ただ生存の自由はある。思うことの自由。そこまでは絶対に侵入させはしない。

父とはほぼ年子に近く生まれた叔母は、他の兄弟よりも兄の悪行を全部見て覚えている。どれほど人を傷つけたか、どんなことをしてきたか。全部、彼女の中の悲しかった過去であり、ある意味のとらわれ。お前の親とはこういう人。そしてあらゆることへの判断と思考法。色んなことが新規保存され上書き保存される。次第に感化されていく。それは肉親に対してだけではない。いかなる事に対しても、その判断基準は求められる。慣れとは恐ろしいもの。そしてそれは染み込んでゆく。

嫌、は言えなかった。
嫌の基準が薄れていく。

振り返ると、自分の思いをあまり家族に言ったことはない。思いなどと言うとかっこよく聞こえるが、そうじゃなく。本音を言ったことはないということ。

それを言えるのは打ち明けた相手。気を許せる相手。
気を許してはいなかったのだから、誰にも。

あの頃。ずっとずっと、心の中にいる「誰か」と対話していた。「誰か」はいつもいた。誰だったろう？　もう一人の自分だったろうか。わからない。その人はいつも聞いてくれた。そして受け止めてくれる。ただ、答えは言ってもらえない。

価値観を強要される。またある時突然浴びせられるヒステリーの声。
異常事態。でも、たとえそんなでも自分は生きている。
これからも。生きなければならない。

「じゃあ、どうする？」

日々は続く。どこへも逃げられはしない。
それをワル知恵と呼ぶのなら。それでもいい。生き抜くこと。それが先。
そのために。気がついてゆく。

猫可愛がり。させてやること。

本心では嫌で嫌で仕方ないのは山々なのに、ヒステリーがあった翌日は〝ご機嫌取り〟で猫可愛がりをさせてやることに決めていた。子供的には緊急事態発生な訳だから、すぐさま点数を稼いでおかないと、そのあとが大変になることはわかっている。
嫌でたまらなくても、そんなこと言ってはいられない。甘いことを考えている余裕はない。それも生きてゆくすべ。心得るしかない。

わざと膝に甘える。

それをお詫びだとカンチガイしている。

幼児期についた情緒不安定。もうこの年齢まで引きずると性格とかタイプなどでは済まなくなる。病い、なのだ。心の悲鳴。この頃から輪をかけていく。誰も知らない。そしてそのまま、私は大人になっていった。

この頃から、つめを噛むくせが始まる。

インストール。潜在意識。刷り込み。体裁よく単語にすれば小説のように見えるかもしれない。その後、もっと後になって本格的に私を苦しめたのは、この毎日刷り込まれた思考が、自分の中にしみ込んでいたのだと、自分でわかり、気づかされた瞬間だった。

自分は人とは違う。
違っても今更治せないし誰にも言えない。言う相手がいない。

人は案外、自分で自分が病んでいるなどと理解はしにくい。特に目に見えないことについては尚更だろう。知らぬ間に気づかぬようにして、心の反発とは裏腹に、無意識下に感化されたまま浸透されていく。これが特に幼児期や児童期などの子供の頃ならもっとだ。そしていつしか、それが自分と化してゆく。無抵抗さゆえの当然とはいえ。

ある日。自分で気づく瞬間が来る。
気づくことはいいことなのか。知らないままのほうが楽なこともある。わかっていくたびに自己認識させられ、自覚に繋がり、ますます自分が嫌になる。

自分への否定。

「自由はいつか来るのだろうか」

何をわかってどうすればいいというのか？
どうしたらいい？

どうしたら、自由と縁ができる？

教えてほしい。神様。

「家を出たい！」

今、考えても必然だと思うが、小学生の頃何度か家を出ている。こんな窮屈な中、耐えきれないなら出るしかない。でもまだ子供。お金もない。行くあてもない。

じゃあ、どうするか？　出たのは本当だった。だがかなり近距離。家出とは言えない。これじゃご近所ツアーだ。

その頃の、家に帰ってからの楽しみ。それは空想することだった。もうひとつは、夢や理想の自分の姿を思い描いて臨場感を感じていく遊び。楽しかった。

あたかもそれが現実となって信憑性のある事実でもあるかのようになりきっては、

ひとりで遊んでいた。そこには別の世界があったから。現実から離れられたから。本当の自分がいるんだと、思えるような気になれるから。

その時間はとても嬉しい時間で、ひとりでニヤニヤほくそ笑んでは楽しんでいたことを覚えている。誰にも邪魔されない、心の自由が許されるひとときだった。

知らない土地も住んでいれば誰だって馴染んでゆく。
家の中は悲惨だが、その頃、もうひとつの自分の色が出始める。
というか。もしかして前世が男だったから？　なのか。

統率する。女子ではない。
気が合うのはどうしようもない。
心の友ができる。わかりあえる仲間がいる。話せる。認め合える。

話せば話すほど、一緒にいればいるほど、気が軽くなってゆく。解放されてゆく。自由を感じられる。男女間の小難しい心模様など勿論だけどない。子供版、人間同士としての付き合いとでも言おうか。こういう付き合いはいい。日に日に、意気投合できる仲間が増えてゆく。共有し合える心と心。楽しさも増える。が、そこは男子。遊びの内容がケタ外れに違う。気は合っても差はあるのだ。遊びの激しさと冒険力が全く違う。

ある日。それがあだとなり、顔面に大変なケガを負ってしまうことになり……。

「酒とオトコと……」

「女だからって、自分だけやらない訳にはいかない」

下校途中、と言っても、さんざん校庭で遊んだ帰り道。今のように、やれ塾だの習いごとだのとは言わない時代。のんきといったら、そうだった。

時代的にも高層マンション、アパートなど無い頃。まだ一軒家が多く残る風情だった。彼らは束になって道沿いの家々の塀の上を、まるで平均台を歩くかのような足取りで、次から次へと挑戦的に渡ってゆく。まず、こういうことはしない。女子は。でも、こんな時だけ自分の女性性を見せたりしたら示しがつかない。とでも思ったのか。やめときゃいいのに、やった。自分も。しかも。スカートを履いている。

今も昔も変わらないことって案外あるものだ。そのひとつ。運動が苦手。機械オンチ。方向オンチ。

「やればできるじゃん！」自分もやってみる。内心、それはチャレンジ。そう。やればできた。確かに。

不思議とすらすら渡っていける自分に酔いしれる自分。すでに何軒かの塀を渡りこなせている。でもそこまで。そう甘くない。気の緩みは大事故のもと。浅はかさと若気の至りは、時に悪魔となって自分の身の上に返ってくる。

ぶすっ！

突然、何か鈍い塊が突き刺さる感覚。

深い。のがわかる。

おもむろに離してみる。

誰かの悲鳴があちこちから聞こえはじめる。顔中、血だらけ。止めることも出来ず、溢れ出るままにその勢いを感じる。次第と流血は下へ下へと流れてゆく。数分後、全身血だらけ人間が出来上がる。

塀のすぐ近くにあった軒の角にある、金属のとんがった出っ張りの、そのまた角のところに、自分の額をあててしまったのだった。本人は当たったつもり。でも事実は突き刺された状態。

顔や頭というのは、一旦傷がつくと、そこから想像以上の血が流れだす。他の皮膚とは比較にならない。一瞬にして、顔面から血を噴き出し続ける足の付いた歩くオバケとなってしまった。

大人になった今、思い出してみる。今まで何回となく大きな病気や難病になったけれど、その中には本当だったら手遅れで死んでいたかもしれないものや、ひどすぎて回復不可能とされたものまで色々あった。そしてこの時の、小学生時代の大ケガ。

でも、いつでも自分は死んでいない。それから、どれもなんとか克服してきた。もがいているその最中にはわからないが、振り返ってみると、もしかしたら、自分はツイているのかもしれないと思う。例えばこの顔面事件。もしも運が悪くて、突き刺さったところが目だったら。私は一生見えない人生だったのだから。

苦しんで、窮屈で、不安で、ひとりぼっちで。そんなことしかないような、苦痛があるのが普通みたいな毎日しか知らない子供が、この上、目も見えなくなりましたでは、話は先に進まない。自分で言うのもあれだけど、それではあまりにも切なすぎ。

顔面から大量の流血をさせながら家路を行く。行き交う人のすべてがビックリし過ぎて、パタッと歩みを止める。運転中のドライバーさえも横断歩道じゃないのに止まっている。中には悲鳴やら声やら何やらわからない音を口から出す人もいる。すでに、気持ち悪いのラインを超えていたのだ。町の大惨事。

私が家につく頃にはすでに彼ら全員が家に押し寄せていた。事情を説明するために先回りしていたのだった。町の人が学校に連絡していたのだろう。電話が鳴る。一旦切れて、また鳴り響く。

仲間達。有難いけれど、1人くらいそばに付いていてくれなかったのかなあ。そんなこと女子じゃあるまいし。言っても無駄。彼らは男子。仕方のないことを、とぼとぼ帰る道中思っていたような気がする。だったら女子と一緒に遊べ。

家に帰ると、事情は聴いていてだいたいの察しはしていたから、覚悟はしていたらしかった。前評判よろしく、でも実際に見ると、話題のそのオバケニンゲンは、たぶんこれくらいなのだろうというレベルを遥かに超えていたらしく、卒倒しそうだったと、あとになり思い出すたびによく言っていた。

それからは何となく、男子とばかりとつるんだり、遊んだりするのをしなくなるが、あともうひとつ。やめたことがあった。

それは酒。
5才の時から飲んでいた。常飲の場合もあれば色々のケースでたしなむ。あの甘味が何とも言えない。しかも酔わない。今の逆。意味もわからず味だけしめて、いい気になるところがいかにも子供。本人の印象としてはちょっと高級なジュースの仲間といったところ。だったような、気がする。

ざっとその年齢から9才までをピークに、大人に隠れて家飲みが始まる。ひとりこっそり、台所で一升瓶をラッパ飲みするところを祖母に見つかり大目玉をくらい、1週間は遠慮したのだが、大人も子供も好きなものはやめられない。

しかし。転機というのは、ある時ふっと降りて来るのだろうか。
「こんなことをしていたら、アホになる」

その日から一切飲まなくなった。決めたらぶれない。迷わない。今もそう。自分の中の人生の半生分を飲んだので、もういらないと言えばいらない。成人して社会人になってからも、しばらくの間は一切アルコールを口にしなかった。

7つ、8つ、9つと、数え年も「つ」のつくまでが躾の最終。私の場合、酒とオトコを終了させて、終わりをむかえた。

「論破してやる」

酒も飲まないし、普通に女子と遊ぶようになって、変わりゆく自分。いっちょ前に編み物やら手芸やらに手を出す。依然、イメージと空想の世界で遊ぶのはやめられず、次第に、自分でドラマを作って企画・演出・小道具・大道具・音響と、裏方全部の構想を練って遊ぶのがこの上ない楽しみだった。文字が書けて文章作成ができるようになった低学年の頃から、少しずつその傾向は出ていたように覚えている。

洗脳教育はどんどんエスカレートしていった。

このまま同じ輪には入りたくはない本音。年齢が進むと考えることも複雑になっていき、それを出すか出さないかは別として、相手を批判出来るようにもなる。

そして自分を。

自分は洗脳されているんだなんていう判断はまだできない。というか、客観的にすべてを見るなんてことはまだ難しい。親のことも聞けば、そうだろうな、そんなひどいことをしていたのかと同情したり腹立たしい思いもした。一緒にいないぶん、より克明に見て考えていたところがあった。

ただ、それと、今自分が毎日のようにしつこく聞かされて、同じ気持ちになることを喜ぶそのこととは、ちょっと違うような気がしてくる。

「私は誰からもどうにもされたくない」

もうこれ以上、誰の影響も受けたくはない。自分の意志で生きてゆくんだといったところだ。もう、パンクしそうだった。だが、そうも言ってはいられないことが起きる。

父が再婚した。

洗脳がエスカレートする理由がここにもあったのだ。

そんな裕福でもないのに、たかだか稼業を営むと、特に再婚ともなると、相手次第では色々な欲が絡んでくる。お金だけではない。実権。地位。名誉。そこに様々な人間模様というやっかいな構図が登場しだすようになると、人の良心に影をさすことさえあることを、小学校の4、5年生の頃には理解していた。

家の中で受けている行為は嫌なもの以外の何物でもなかったが、やけに大人な見方ではあるが、段々とエスカレートしてゆくこと、そこまで言いたくなるのも、全くわからない訳ではないと思った。

人間として腹立たしく思う自分がいる。

恐怖を抱えながら、3才にして家族を守るために仁王立ちして立ちはだかった、あの頃の幼い自分と今の自分は違うんだ。まだ子供だけどなめられてたまるか。

負けられない。

勝つんだ。

ひれ伏させてやる！

勝つための戦法として、相手から甘く見られず、同じ土俵に立てる相手とみなさせるためにはどうしたらいいか。感情論などみじんもいらない。情に訴えてもバカにされるのがおち。言葉だけのなめられた同情を買い、せせら笑われるだけ。どうする？自分。

「論破してやる」。頭で勝つ。

実際に私が父にむかって何か言うものなら、怒り心頭で腹を立てていた。肩を震わせて、反論ひとつできない悔しさ。こんなガキンチョにここまで言われたという事実。しかも最も腹立たしいことに、そこにある論理的に系統立った発言の数々を認めざるを得ない。

まさか、ちょっと見ない間に、この子がこんなふうになっていたのかということ。拳をあげても殴れないことへの憤り。それを見てもびくともしない、平然とした、前にいるその子。

ざまをみろ、と思った瞬間、言ってやる。

「あれ？　殴れないいんですか？」

筋道立てて、理論的に、感情は入れずに、体系的に、冷静に、相手の出方をよく見て、言葉を使い、表現し、打ち負かす。

いい表現など出来たとしても、勝てなければ意味はない。勝つとは、相手を怒りに燃えさせ、徹底的に論破し、反論できない域にまで進めて終われること。

そんなふうに心に誓っていた。嫌でも。そうしなければならなかった。

心の中の本当の思いと、今自分がやらねばならないことは明らかに違う。それが自分を追い込むことになったとしても、戦わねばならない時は捨てなければならない。

私は知っていた。

知らないところで再婚相手と一緒に、あらゆる権利が私に行かないように、陰でこっそり画策していたことを。

嫌でも。そうしなければならない。

嫌でも。

言い換えれば、それは自分で自分を守ることでもあった。心臓が鼓動し脈を打ち、ここにこうして1人の人間が確かに生きているということを伝えるために。

そして彼は、親として絶対に言ってはならない言葉を言ってしまう。

「坊主憎けりゃ袈裟まで憎し」

悲しいことに、日本に昔からあるそのことわざの意味を、この時、まだ私は知らない。いや、悲しいのではないのかも知れない。有難いことに、と言うべきなのか。そんなことに自分の感情を向けるなんて、もったいない。

「守る」

自分で自分を守ることほど辛いものはない。
弱みを決して見せられない。いつも自分は大丈夫なんだと見せなければならない。

強がって。意地を張る。
これでずっと、過ごしていたと思う。

だが、それが習慣化されることは、もっと自分をみじめにさせる。

孤独。

普通の子供とは明らかに違うんだということを、深く認識させられるという事実しかないから。おしまいには、自分の境遇を認識するということを超えて、自覚するという境地にたどり着いてしまう。

小学校の時、年に一度の家庭訪問が嫌だった。家のことを教師に言わねばならないから。昔はそれこそ体罰だってアリの時代。私は今もそうだが行動のペースが遅い。要領も良くない。あれもこれもといっぺんにこなすことも出来ない。そこを、ある教師がつつく。

「お前は親がいないから、そんなにグズなのかね?」

「ほら、また間違えた。やっぱり親が変だと、子も変だわ」

あり得ないことだ。

でも、あり得た。

私のデリケートな家庭事情を知って、ヒミツを握ったぞと言わんばかりのその教師。完全にからかって、教師という位置を間違ってしまっている。大人も、相手が子供だからとなめたことをすると、逆になめられてしまうことを、重々覚えておかないといけない。

それは私が高学年になった時のことで、まだ低学年だった頃、やはり同じベテランの女の先生だったが、家庭訪問で複雑な状況を知っても態度を変えなかった。これが普通ではなかろうか。

2年生の時、医師に処方された注射のショックで、父が一時昏睡状態になり、もしかしたら危ないかもしれないと学校に連絡が入って、私はそのまますぐに帰ったことがあった。

事なきを得てしばらくして学校に戻って事情を聞くと、「よかったね。よかったね」と泣きながら頭や顔や体をなでてくれた。その先生は1年生の時から担任だった。何かにつけて私を励ましてくれていた。

だから私は自分も教育に携わるようになった時も、たびたびこの先生のことを思い出した。教えるということ以上に大事なこと。

それでも心の奥に抱えている辛い本音は誰にも言えない。どんなふうに伝えればいいのかわからないというのもあったと思うし、どこから話していいのかわからなかった。それだけ込み入っていたということだろう。

家族、身内、血族。

それらの人間達が、仮に、お互いどんなに近くや一緒に暮らしていたとしても、寝食を共にしていたとしても、心を通わせてこそ本当に家族だし、安心感だったり絆というものも、そこから存在するのではなかろうか。

安心感。

なかった。

心は常に波打ってどきどきしていた。動悸が止まらないでいることもあった。いつヒステリーを起こすかもしれない。いつなんどき、訳もなく激怒の嵐が降りかかるのかわからない。そうでなくても、ほんの2、3才の頃から、私の周りにあったのは、平安ではなくて対立であり闘争だった。いついかなる時も、すぐに対処できるよう、いつも緊張していたし身構えていた。

子供って、いや、大人も含めて、人って、いや、命を持つ生き物すべて。みんな何かしらの背負う物を持って生まれてきている。

それは今生生まれてきたあらゆる万物のならわしでもあり、また別の言い方をすれば、命を頂き、そうやって苦しみの中にあって、それらを克服する道のりこそが尊いと言えるのだろう。

悶々と、心の中にある苦しさと闘っていたそんなころ。その頃よく偶然にも、近所には白いネコやイヌが生まれていた。

「白い」

「何か足りないかな?」と思ったかどうかは疑問ということにして、そのまっ白いおしろいを塗った顔に、黒のマジックで極太の眉毛をかいてメイクしていた。ある、ほんの一時期のはなし。勿論水性で。油性など決して使わない。胸が痛むじゃないか。他の色も断じて使っていない。そんなの言い訳になるか。

近所の大人達にはちょっとした怪奇現象と噂が立ち、でも子供達には至って好評な珍事件として、ちょっとだけのルパンを味わった。

つめを噛むくせが激しくなった。

それをしない日は、その付近の皮膚のどこかを傷つける。今ならわかるが、もう、この辺りで相当病んでいた。とっくに限界だったと思う。脚全体に力が入らず、毎晩寝る前には脚をさすってもらわないと血が通わなくて眠れない。

そんなふうだから、学校の給食も完食どころかほとんどを残す。低学年の間は給食があるから行きたくなかった。ほぼ全部を残していたし、食べる時間も他の子供達よりかかってしまう。

ちょっと救えることに、メイクとしては失敗作として仕上げてしまったネコやイヌたちが、時々、下校途中で姿を見つけるたびに寄って来ることがあった。遊んでもらったと思っているのだ。かわいいなと思いながらこちらも見ていたから、もしかしたら伝わったのかもしれない。動物とは言っても感情はある。友達だった。

私は持ち帰りの給食のパンをあげた。喜んでおいしそうに食べる彼ら。何となくお詫びが出来たような。それから、言葉が言えない動物だからこそ、案外人の心を見抜けるのだと感じていた、かどうかまでは覚えていないけれど、彼らが寄ってきてくれる時、不思議と笑顔のようにも見え。自分をわかってくれようとする神様の使者のようにも見え。勿論それは錯覚で、でも少しだけそう思えてきて、味方がどこかに必ずいるのではないだろうかという希望となって、暖かい気持ちになっていた。

それからも彼らとは妙に気が合ってよく一緒に遊んだ。

特にヒステリーのあとは。

すっかり色の無くなった眉毛で、月日が経ち少しずつ成長して寄ってくるたびに、何となく本当に友達のような気がしてくる。出生の回転率が速く世代交代があっという間で、その上一挙に大家族化するケースが多いから、初代と二代目がわからなくなってしまうことも中にはあったけれど、失敗メイクをしたのにも関わらずなついてくれることや、何か言葉をかけるたびに「フニャー」と声を出すところがとても愛おしくて、かりそめの、自分の愛をかけてあげられる存在が近くにあることが嬉しかった。

そんな苦しい生活状況だったからこそ、命あるものとの関わりが私に愛を感じさせたのだと思う。

愛を与えて、愛がかえってくるということ。

友達と同じようなおしゃれな洋服もいらない。お小遣いもいらない。なんにも、本当になんにもいらない。ただリラックスしたかった。心が明るくなるような場所に行きたかった。心が晴れるような、そんな雰囲気の中にいたかった。

家族と言っても、どこまでを信頼して一緒にいればいいのかもわからないような、そばにいる大人。親と言っても名ばかりで、仮に今がもう少し前の時代だったなら、もしかしたら売られていたのだろうかとさえ、思い起こさせることを平気で言う、する、一応、親。

人は人によっていかようにもなってゆく。良くも悪くも変わってゆく。手練手管で言い含め、そうすることで自分達の生活が潤ってゆくのならば、それ位は容易なこと。そんなことを発想できる人間もいる。まさに父と再婚相手の強豪カップルがそれに近く、そのような知恵にたけまくっていた。子供ながらも人間修養の度合いが、また増してゆく。平穏がなかなか訪れてこない。

ちょっと考えてみると。

産みの母の時。そして、今度。

周りの女たちによって感化され、真に受けて進む愚かな男とも言えなくもない。というと、彼もただのおバカさんだけで終わってしまうが、見方を変えれば、彼ほど自分に素直に人生を進んでいったやつはいなかったのではないかと思えてくる。

腹が立てばわめく、怒鳴る、暴れる。女に左右される。

ただ、あなたは単に、忠実過ぎたのです。自分に。

月日が経つに従って、画策ごとが増えてゆく仮の両親の2人。だが、悪いことは出来ないものだ。時間差はあるが必ず明るみになってゆく。神様や仏様はいるものだ。しかし悪だくみが出れば出るだけ、そのぶん洗脳の中味は強烈さを増してゆく。

そしてその頃、もはや血族やら兄弟やら家族といった感情はない。身内のどの関係者のなかにも。自分の知るあちこちに、日々反撃の感情論が立ちこめる。

いや、それは自分が勝手にそう思っていただけで、案外、彼の周りにいる親族達は、情けない思いが根源にあってこそ、憎まれ口をたたいていたのではなかろうか。「なんで、いつまでこうなんだよ」という情けなさ。身内だからこそ出る思いだろう。そこには家族間の愛がある。

少し抽象的過ぎて子供にはわかりにくいけれど、それもまたある意味、愛だったのだろう。

私という人間を真ん中にして、憎しみ、憎悪、裏切り、多面性、おもてづら、裏の顔、計算と打算、欲とエゴ。これ以上の人間のどす黒いものはあるのだろうかと思えるひとつずつ。そのひとつひとつが充満してあふれていた。

色々な言葉や感情が行き交う。

ありとあらゆる、人間の持つ感情のすべてがあった。

人間が持っている愛憎という感情の数々を、幼い頃から目の当たりにして、体験し、受け止め、理解することを、求められたり自然と理解していたりして生きてきたように思う。

この時に再婚した女性が父にとっても最後の人となったが、この時に私は、若干9

才にして、大人の事情の深いところを理解するという局面を迎える。

父とその人との間に子供をつくらないということ。その意味。

これは再婚するにあたっての、父と他の家族達との間で取り交わされた、ある意味、大人の、いや、我が子に何の責任も果たさないで当たり前のようにしている人間への、ひとりの親としての自覚をもたらすための約束だったと思う。

当時、父はそろそろ人生の半ばが見えようとする年齢にいた。妻となる人は元々身体が丈夫ではなかったし、年齢的にも2人共似たような年格好だったので、今更子供なんてねえといった具合で、そこも本人としてはこの結婚が好都合になった理由でもあったらしい。

でも。

もし。万一。

というのも存在するのが人間。

そうなる時、私はどういう立ち位置になる？

戸籍上なんて、そんなのはいざとなったら、人間の感情に何の意味も持たない。親の立場ではあっても、すでに捨てられたも一緒だ。先に生まれた子供だからと大事にされるなんてこと、あるほうが変だ。一緒に住んでもいないのに。


この辺りの事情を、説明というより恩着せがましく伝えられた。すべては私のため。私のため、みんなは苦労している。

私が生まれて、両親は別れた。

私に権利が行かないように、裏工作をしてまで不穏なことをする実の親。


私がいると、何か起きる。

そして、いつもひとり。


叔母が言い終わろうとしていた。

その時、もう一度あの聞きなれないフレーズがやって来る。

「まだ小さかったから知らないと思うけど、元をただせば我が子に向かって、坊主憎けりゃ袈裟まで憎いって言った、そんな人間なんだから」

人間には本来、理解するという仕組みを超えて、何となく感じる感覚というものが備わっている。まさに、この時の自分がそれだった。

「愛情はないのだな」

それがわかって出てくる感情とは？　相手がそうならそうなるだけの簡単なこと。愛の反対にあるもの。そしてこんな親の元に生まれてきたことで、色んな人に迷惑をかけて、気を遣わせていた自分という存在。

運が悪ければ本当に孤児院に行っていたかもしれないであろう自分。どんなに嫌なことを言われても、それくらい仕方のないこと。育ててもらい、食べさせてもらっていることへの恩返し。それは、我慢。

人生の学び。良い修行。といえば聞こえはいい。

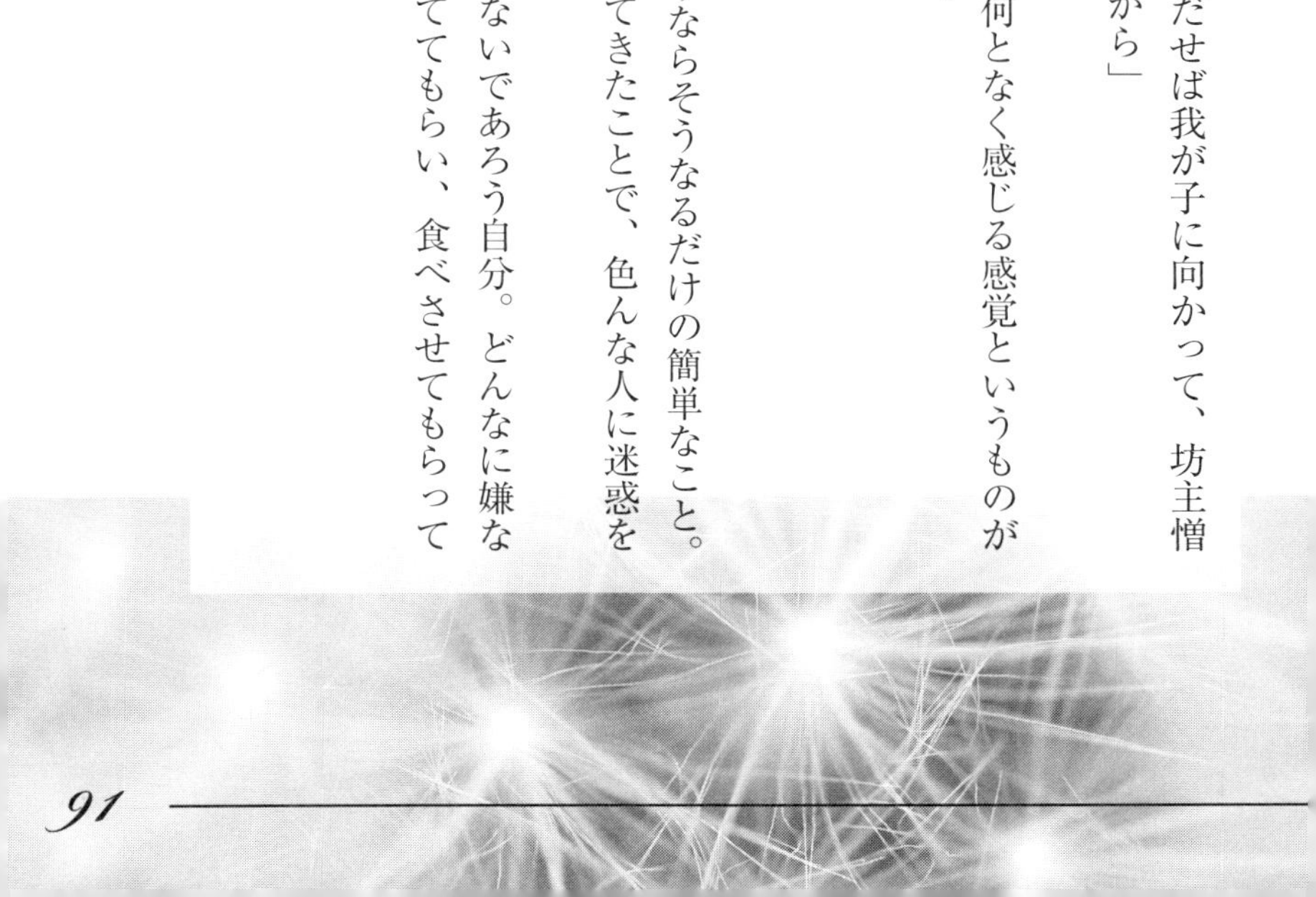

何も知らない人は、時々こんなふうに言って理解しているかのような顔をする。

そんな言葉を言えるのは、そんな境遇になったことのない場所で生きて来られた証拠だ。そういう言葉は励ましでも他の何でもなかった。逆に心に物凄い台風や大嵐を起こす。心の中が大嵐になって、外国の竜巻にもないような、とてつもない大風が吹き荒れる。

悔しい、という感情。
言い返せない自分が悔しい。誰に対しても。
言いたい言葉は持っている。わかっている自分の気持ち。でも、言えない。

うまく表現できないうらめしさ。言えるとしても、自分が誰に何と言ったかくらい、子供なだけに、あとですぐに他の家族に伝わって、そこでまた何か言われる。

そうするとそのことで、父は娘がまともに育っていないと認識して、そこからまた家族間の何かしらのいさかいが始まる。そしてそれらは必然的に、何かの形で私の元に戻ってくる。

何かの形で。

段々と、自分はダメな人間なんだという劣等感がよぎる。どんなに理論派ぶって論破出来ても、そこはまだ子供。自分の人生なんて、大人達の一言でいかようにもなっていく。握られているのだ。子供はみんなそうだ。でも、私の場合は、意味合いが違っていた。

「このまま自分は負けて生きてゆくのか」
「勝つことはないのか」
「自由はないのだろうか」
「私の一生は、どうなっていくのだろう」

不安。

屈辱。

劣等感。

そこからは、曲がった人生観を持ち始める。

「勝つ」ことへの執着。「下に位置する」ことへの嫌悪感。

自分は父親の下にはいない。子供だと言うだけ。人間的には下ではない。上だ。それを決めるのは自分。同時に、誰に対しても勝たねば自分を認められないという、一種の脅迫めいた感情を持つようになっていく。

勝てない自分は自分じゃない。

そういう自分は、認めない。

そのためなら、どんな努力だって出来る。

その重い曲がった感情は、年が過ぎるに従って、父親を通して全男性という存在に向けられてゆく。そうして次第に、自分にとって絶対に負けられない存在とは男性、という図式を形作ってしまう。

勉強でも仕事でも何でもいい。そこにあるものの種類などどうでもよかった。
ただ欲しいのは、勝っているという事実と打ち負かしたという優越感。
こだわるたびに遠のいてゆく幸福。そこにある逆説。

まだそれを知るには遠い自分がいた。

「ささやき」

「おい、自分よ、
これを哀れと呼ばずして、一体何なんだ。

なんというバカ。
生き方バカ。
バカの子はやっぱりバカか」

どこからだろう。聞こえてくる。

「いや、ちがうんだ。
蛙の子は蛙。そう言われたくなかったんだ。
親があんなだと、やっぱり子供も一緒だねとは、
世間から絶対に言われたくなかった。言わせてなるものかと思ってた。
親はどうであれ、自分は自分。

だから、どんなことがあっても我慢してきたし、
優等生のようにみせて、食いしばってきたんだ。
自分の悲しさや苦しさが伝わることは、弱みを見せることになる。
だから意地を張って、精一杯生きてたんだ。

でも、今でもそういう自分がいいかどうかはわからない。
ただ、必死に生きてた。それだけ」

切なる自分の声が聞こえる。

「ふ～ん、そうか。
自分は自分で守ってやる！
そうやって生きてた自分を認めてほしい。
そう思ってる？　自分？

なあ、自分、
こんな考え方って出来ない？

おばちゃんってさ、急にすごい剣幕で怒ったり怒鳴ったりしてたよね。
確かに普通じゃないなって思うよ。
でも人ってさ、色んなものを背負って生きてるって言うじゃない？

その人のこと、どこまで知ってる？　言える？

洗脳されたって言ってたよね。そうだね。だと思うよ、あれじゃね。
でも、そうかな？　それだけ、かな？

ちょっと考えてみて。あんなオヤジの子を預かって育ててる訳だよ。
ちゃんと育てなきゃって気負いはあったと思うよ。わかるよね？

それと、反面教師じゃないけれど、
あんな大人になってほしくないっていう願いもあったんじゃないかな？

人には人の、それぞれの思いがあるよね。
あの時は怒ってごめんねって簡単に言える人もいるけれど、
そこは性格の違いがあるし、それに昔の人だよ。
親は親たるもの、任せられたのだからちゃんと仕上げないとなんていう、
これも気負いかな、あったかもしれないしね。
しかも、我が子じゃないのだから。余計にね。

熱意がありすぎて、ちょっと度を超したのかなと思えば、
逆に感謝が生まれて来るし。

そうやって少しずつ、許すことが増えるたびに、
幸せがどんどん来るよ。なんだか、そう思うよ。
そこまで気がつけたなら、あとはどんな明るい未来だって開けてゆくさ。

オヤジも、そう。
あんなだったけど、この世に生み出してくれた。

魂って宇宙に何万ていう数字を超えて、莫大な数があるそうだよ。
どの魂もみんな生まれたくって、次は自分が地球に行く番かなって、
待ってるそうだよ。聞いたことあるでしょ?

地上に降りて、色んなことを経験し乗り越えながら、
その時に与えられた人生のテーマをこなすんだってさ。

そうやって人は魂を磨いて、少しずつ上の次元に進むんだ。きっと。

オヤジもさ、小さい時あんたのじいちゃんと離れ離れになって、
きっと心の中で淋しさという気持ちと戦っていたかもしれないしね。
あんなに暴れるってことは、弱い人間だからだし。
暴れながら案外、自分を制御できなくて持て余していたかもしれないし。
情けないなと思っていたのは、本当は自分自身だったのかもしれない。
それを知るのは本人だけだからね。

たとえそうじゃなくても、そう思うことにしよう。
自分のためにさ。
そうやって、人がひとり、この世に生まれてくるということや、
生き抜くという本当の意味を理解して力にして欲しい。

それこそ、すべてが修養になる。栄養が滋養になれる。
ここが運命の分かれ道だよ。

そう思うんだ」

それはまさしく天の声。何秒の数分の1とも言えぬ素早さで、直感として伝わってくるもの。そうではないかも知れない。そうかも知れない。

仮にもしも神様がいて。ずっと見ていてくださったと、本当にしたら。

今からおよそ10年前、全身の皮膚がくずれ、膿みが出て、運が悪けりゃ治らないこともあると悟った重い病気を含めて、私は3度の難病や大病を経験することになる。

その最初の病気を最終的に克服するきっかけとなったのは、「気の持ちよう」だった。意識の持ち方を変える。

人という存在のはかなさ。

彼も人なり我も人なり。

人は魂。

生きるということ。
生き抜くということ。
生まれて来るということ。

いつかはいなくなる命。
そしてまた、生まれ変わってくる。

成長してそんなことを思う頃、並行して、少しずつではあるけれど、自分で心の平安を取り戻すきっかけをつかめることが出来たように思う。それらはまるで、背で教える親心のように、静かに心の中に入ってくる。

それから随分時は経ち、大人になったある日。
こんなことを思う自分がいた。

「傷なんかどこにもつけられていない。苦しみなんかない。みんな必死に生きてただけ。

同じ人間。

それでいいんだ。

それを知るんだ。

自分は神様の背中にのって、色々なことを学び、気づかされ、今まで来たんだ、と。
そうじゃなくても、そう思おう。
だから振り返ると、どんな目に遭っても、決して死にたいとは思わなかったはず。
それはなぜだろう？
守られてきたからだ。見えていなかっただけで。見ようとしなかっただけ。

神様の背で学んだんだ。自分は。

なんて有難いのだろう!

みんな、同じ、人。生きている。人。命。魂」

そうやって思いを巡らす。有難い思いの涙が出る。

「これが感謝というものなんだ」

「ゴジョウダン」

小学生生活も終える頃には、すっかり大人並の「人生」を語ることのできる域にどうやら入っていた自分も、時の経過は早いものでいよいよ中学生になっていた。

つい数年前までは男子を引き連れてまとめ上げていた自分ではあるものの、〝お年頃〟には逆らえず、いっちょ前に恋愛に興味を示すようになる。

当時、ある1人に恋焦がれるようになった。しかし。当たったのはいいが見事に玉砕。砕け散ってしまう。

ああ、青春。

そこには理由があって。

そういう年頃だから仕方はないが、太っていた。太ももはウエスト？　胴体はどこも同サイズ？　と見えたとしても反論できないくらいに、きちんと太っている見事さ。そこを表立って指摘されたのだった。

痛いところをつかれてしまう。相手はさておき。だいたいそんな不躾なヤツを好きになるというおのれ自身がバカなんじゃないの？

普通、このシチュエーションでそんな「事件」が起きると、普通の女子はどうにかなるはず。それを期待していたの？　こっちはそれっくらいのことで今更傷つくなんて、と自分でも最初は思っていたが。いっちょ前に、落ち込んでしまう。

そんな、どこから見ても女性美からはとんでもないほど遠いところに存在しているにも関わらず、いっちょ前に好きな人が出来たりするから人生はおもしろい。

100人はいたであろう。凄まじいファンクラブの会員数を誇っていた。それほどの超人気者だった。イケメン。アタマもいい。だけどちょっとひょうきん。明るい。でも……、影がある。

こうなると、これらの要素は全部モテの武器になっていく。ただ、ここに抜けているのが、〝人となり〟だったのだ。ああ、今ならなあ。見抜く、だろうに。

「はあ?」

「ジョウダンだろ?」

「おまえブスだよ」

「そんなに太ってんのに?」

紳士はここがちがうのだな、きっと。この一件がモトで、自分はブスなんだとしこたま思い込んでしまい、家族間のことでも散々劣等感を持ったというのに、輪をかけてしまった。

人生って本当におもしろい。

このあと、5年後に再会することになる。

思春期の中でも、中学から高校、大学へと変わる頃というのは身体も心も変化していく。

再び会う。思い出す。あの屈辱。そして、激闘死闘の数々をくぐり抜けて来た、戦いに対する本能にドカンと火が付く。しかも相手は男。

さて今回の戦略は?

勝つというのも色々だが、簡単に勝ったところで、満足感は得られない気がしてきた。この不躾男からの手痛い教えのあと、たまたまちょうど、見ていたテレビ番組にある有名な女優さんがトークしていた。なんと彼女は人の顔や体つきは自分でいかようにも変えられると言うのだ。要は気の持ちよう。そこからすべては作られているのだと。至極、当然な考え方だ。

直感。「これだ!」そう思った。結果はさておき、過去よりかはマシだろう。それなりの意識改革をするのだから。努力努力。

それから5年経ち。久しぶりに会う。もう面影は無い。

おかしなことが起き始める。携帯もメールもない時代。そのうち手紙がくるようになった。何かにつけて誘う。また会いたいなどとほざく。

異性を見る目は人を見る目。

そんなやつにちょっとでも好意を持ったおかげで、大事な人生の教訓をもらう。

「セコハン」

高校生になり、ちょうど家の事業も大きくなろうとしていた。父たち夫婦も結婚して数年が経つ。色んな意味で、全てがまた別の局面を見せようとしていた。

全ての実権が娘に来ることを予見して画策を続ける親。これも、親。

何の世話にもなってもいない。それどころか悪を作ってばかりで、人としての道筋にも反しようとしている親、そして、その連れ合い。

だが、世間は違う。それが社会なのか。

ある日、当時行われていた彼らの裏工作の中でも、ド級と呼べるものとでも言ったらいいだろうか、それがあった。そして露見する。緊急の会議が連日続いてゆく。

類は類を呼んで集まる。ワルにはワルが寄る。

いよいよ呼び出される。

ワルは言う。お前の一番大事な人たちだぞと。育てもしない親のことだ。ここまで成長できたのは、この人たちが育ててくれたおかげだろう。自分がどちらサイドにつくかは、もうその年齢ならわかるだろう。

私は黙って言葉を胸の奥へ送った。

唇をかんだ。次第に口の中に血の味がする。

何も言わなかった。言えなかったのではない。テーブルを挟んで見える、その「育てて頂いた」御方の口元に、うっすらと浮かぶ勝ち誇った笑み。

「もったいない」

嫌だったけれど、本当の親の代わりに本当に育ててくれた人たち。そして、ここまで、死なずにグレもせず、周りの大人達を困らせて迷惑をかけることもせず、食いしばって生きて来た自分。それはたとえ、誰も知ってはいないとしても、天の神様や守護霊様は見てくださっている。いや、神様も誰もいなくても、自分自身が一番知っている。

心から思う。こんなヤツに言葉というより声を発するなんてもったいない！
何も言わないこと。それが答えだ。そう思え。

社会とは。人とは。大人とは。世の中とは。
腹の探り合い。計算。欲。エゴ。

高校を卒業しようとしていた。

神様って、いるのかな？　いないのかな？　その頃。とどめとも言うべき更なる事態が歩み寄って来ようとしていた。いつまで経っても、気持ちの平安は遠いまま。
大学入学の際だった。何かの用件で、自分の戸籍を生まれて初めて目にする。

そこに書いてあったこと。

名前。

人間関係。

真実。


自分は父にとって初めての子ではなかった。

産みの母の前にもう1人の別の女性と婚姻関係があり、その間に別の子供がいたこと。それから、別れてからもその子に会いたくて、たびたび会いに訪れていたこと。目に入れても痛くないとはこういうことだとからかわれていたこと。

それら以外にも、知らなかった情報は色々入ってきたが、人間とはよく出来た精密機械で、意識していなくても、それ以上はいらないと無意識で判断すると、どんなに聞こえても脳裏には残らないように出来ているとみる。まさにこの時の自分がそうだったから。


ただ、忘れようにも忘れられないものとして残り続けるものを残して。

「坊主憎けりゃ袈裟まで憎い」

もしも今、ここに辞書があって、バカという言葉を引いたなら、必ずそこには「おまえ」と書いてあるだろう。

本当のバカはこれほどお人好し。

今頃わかってどうする。

そう、知らないのはアンタだけだよ。自分。

本当のお墨付きのバカ。

本物のバカは、笑うことすらできなかった。救えない。

グレなかったって、そんなに名誉？
蛙の子は蛙って言われないことって、そんなに偉い？

自分って、何？

今までって、何？
生きるって、何？

人って、何？

ありがとうございます、とてもいい修行をさせて頂いています？

だれが思うか。そんなこと！

生きてんだぞ！
なめんなよ！

18才。

人は絶望で死ぬだけではないと悟ったある春の日のこと。

「神様、トンネルにはどうして出口がないのですか？」
「神様、私が傷ついて楽しいですか？」
「神様、神様……」

「それでもこうやって生きて来られたっていうことが、神様がいる証拠だよ」って、その頃の自分と久しぶりに会話してみる。

どんなことがあったとしても、いつかは過ぎてゆく。
結果として、どうなっているとしても、それで良い。

どれが一番偉くて、どれが一番かっこいい、
どんなふうにしたことが最良で、どれが最悪だったなんて、
この世にはひとつもないのだ。そう思えると、こう思える。

「そのままで、良い」
「それで、良い」

神様、ありがとうございます。

「入社」

あの春の日から数年が経った。社会人になろうとしていた。

就職するならここがいい、という確固たる意志はなかったが、何となく自分は他の友人達のように、自由な選択権はないような気はしていた。気のせいだけではなかったろう。


人間には以心伝心という言葉がある。

3年生が終わろうとしていた春。帰省していた。仕事に就くのはまだ先の話ではあるけれど、なぜかその時、その話をしたくなった。


自分の身の振り方。

やんわりと話してみる。自分の将来への思い。就職観。


祖母が他界して、家族は叔母達がいた。聞き終わって目を合わせる2人。何も言葉は聞こえない。それは、「疑問」を意味する。

そして、もうひとつ。何かを起こす前触れを与えるものだということを、日々の生活の中で熟知していた。

だんだんと曇ってゆく横顔。声はない、何も発しない。

おもむろに、ゆっくりと視線をテレビへと向ける。

「席を外したあとで、何か言い始めるんだろうな」

このような展開はそれまでにも何度もあった。

これくらいのことは、どこの家庭にも見当たることだと思う。ただ、ちょっと違うのは、そこに、ある第三者の存在が微妙に絡んでいるということ。何かの責任追及に繋がる可能性への懸念だとか、または、そこから生じるかもしれないような何か面倒になるような思惑の交差だったりとか。仕事上にも複雑に関わってくる、何かしらの余計な気の回し方であったりとか。

そんなことを常に念頭に置きながらの上で、どうにかOKだと判断できない限り、なかなかGOサインは出せないなんてことがたびたび起こった。

なんともスッキリ感の低い家庭状況が常時横たわっていたのだった。

そんなに気を遣わないといけないのか！　そんなヤツに！

自分の頭の上に、まるで君臨するかのように居座るヤツ。何も発しない。が、それが逆に存在を引き立たせているとでも言うか、何と言うか。それは自分の心を毎回腹立たしくさせていた。頭に血がのぼるのがわかる。呼吸が浅い。でも、どんなに私は腹を立てても、向こうは至って平然として生きている。のだろう。

きっと。

同じこの地球で。

そう思うとまた、ふつふつと地の底から怒りのマグマが火を噴き始める。

「どこまでいっても自由はないのか？」
「いつまで経っても変わらないのか？」

自分の一生は、一体どうなる？　永遠の命なんて、ないんだぞ。

その頃、他界した祖母の法要が来ようとしていた。数年前、祖母が他界したそのほんの1日か2日前のことを、今でも忘れられない。

今なら介護や色々な高齢者のサービスがあるが、当時はまだ何もなかった。家族の中で誰か寝付こうものなら、その中の誰かが面倒をみなければならない。そんな時代だった。

最後は寝たきりになった。時々家庭科の授業で調理実習があると、作ったお菓子やちょっとした作品を持ち帰って、おみやげにしていた。形も不格好で味もお世辞にもおいしいとは言えないのに、本当においしそうに食べる。

経験のある人ならわかると思うが、生理的な欲求、その中でも排泄は決して昼間だけとは限らない。案外夜間が多い。夜中も起こされることはしょっちゅうだ。生きているのだから仕方がない。これぱかりは順番なのだ。

と思ってはいる。思ってはいるのだ。本当に。誰だって。

しかし、日々は、毎日続いてゆく。
そのうち、周りが疲弊してゆく。

限界を超しているなと思えるようになる。

それは正月だった。
持っている洋服の中で、一番明るい服を着て祖母に見せにいった。喜んでいる。少し泣いている。そしてにっこり笑ってくれた。暖かいいい笑顔だった。

おせちを食べたいだろう、そのまま見たいだろうということで、取り分けた状態ではなく、お重そのままで持っていって、ベッドの上の机にのせてあげた。

祖母は商家の娘だが、祖父と結婚するにあたって、祖父方の嫁選びの選考基準にも入っていたらしい〝アタマ〟レベルも買われて嫁いでいった人だった。なんせ小学生の時の家庭教師は祖母だったのだから。夏休みや長い休みの時に帰ると、よく勉強をみてくれた。特に算数はお手の物。

また、明治生まれの独特のハイカラなセンスや洒落や粋なんていう言葉も、生活のどこそこに聞かされる人。と同時に、人間として、日本人としての美意識についても細かくて大事にしていたし、うるさくもあった。今はないような箸の上げ下ろし的な躾も大事にした、「明治生まれのおしゃれな女性」。

その祖母が、だ。

おせちを見せるや否や。箸ではない。スプーンでもない。フォークでもない。

素手。

自分の手をお重の中に突っ込んで、次から次へと口に入れてほおばって食べてゆく。手づかみで。最後は両手で。

何も声が出なかった。ビックリし過ぎたからだ。

通常寝たきりの老人が、いきなりむんずと自力で起き上がろうとして、目の大きさはいつもの3倍くらいには見えたと思うが、それくらい大きく見開き、声も出さず、手づかみで食べてゆくのだ。次々と。

あっけにとられてしまった。

数分ほど経ったろうか。

誰からともなく声を発し手を差し伸べる。祖母はずっと黙々と食べ続けている。口のまわり、顔の色んなところに色んな料理の端っこをつけながら、勢い込んで食べてゆく。

他界したのはそれから間もなくだった。

人が老いるということ。

生まれてくるということ。それは日々死へ近づいているということ。
生きるということ。生き続けるということ。生き抜くということ。

命。魂。精神。地球。宇宙。

自分も同じ人間。いつまで続く?
そして次の年。もう一度春が来る。大学4年生になった。
就職先を決める時期を迎えていた。

決める時期だけが迫る。
覚悟だ。

自社への就職。

自分ちに入る、などという甘っちょろい感情など一切通らないし持ってもいない。
言うまでもなく、それはある意味で、闘いを意味するのだから。心して立ち向かわないといけない。いわば、その社長の下に私はつくということなのだから。

育ててくれた人たち。どんな思いで育てただろう。それを忘れてはいけないんだと信じる。それが人の正しい生き道だと思う自分の決心。

そして、亡くなった祖母の最後の姿を思い出す。

どんな人もいつかは消えていなくなる。ここはどの人も平等なのだ。命ある間に、すべき恩は返さねばならない。それが課せられたことだと。

ずっと思っていた。人として、自分は自由な人生の選択をしていいのだろうか？他の第三者がどうしているかは知らない。けれど自分の場合は他の誰それに当てはめてはいけないのではなかろうかと。

生まれてきて、曲がりなりにも大学まで行かせてくれたこと。

小さかった頃、体が弱くてちょっとの変化にもすぐに影響されては病気になってしまい、そのたびに病院に連れていってくれたこと。

ひもじい思いをすることなく、ちゃんと育ててくれたこと。

体が大きくなるたびに、合う服を買ってくれたこと。

遠足の時、好物のおかずを入れてくれていたこと。

家庭訪問の時、親のことを話さないといけないことが、どれだけ辛かっただろうかということ。

いじめられた時、一緒になって腹を立ててくれたこと。

血が通わない冷たい脚を毎日さすって寝かせてくれたこと。

初めてセーラー服を着た時、とても喜んでくれたこと。


それから、それから……。


ひとりではなかったこと。

自分のことを発想する時、原点はこれらだった。


もう迷うことはなかったと思う。自分がすべきことは何なのか。

答えはすでに出ている。
そこに悔いはない。

ここまで来たんだ。最後まで立ち向かってやろうじゃないか。
起きうることに予想外はない。だいたいのことは想定内だ。
あとは覚悟を決めるだけ。

女だからって、なめんなよ。
これからは、全部、人、だけで生きてゆく。
実際、それ以外は不要だった。だからこそ乗り越えられた山は数えきれない。

報酬をもらう立場とは言っても、これからは同じ大人同士として同じ土俵に立つぞ。
地位も名誉も関係ない。人間の力で勝負だ。

ただ生きて来た訳じゃない。だったら出来るはず。

そうだろ。自分！
やってみろ。自分。
負けるな。自分。

本格的な学びが待っていた。生々しいほどの。むき出しの。

時々、考えていた。ひとりの時。よく、こんなふうに。

「人ってそんなにむごいものではないはず。
もっと優しい。もっと愛に満ちた存在なのだ。

だから、神様は私たち人間を、いかなる命あるものの雄として、この地上にお送りになられたのだ。愛に満ちているから、人が困らないように、良い生活が出来るように、それを発想して創造することができ、それを可能にする人たちがたくさん登場して、文化や文明は発展してきたんだ。

この国はほんの何十年前に戦争に負けて、みんながすさまじい地獄のような中にいて、それでも生きて来た。そこからほんの19年後に、世界中の人たちが集まってくるオリンピックを開いて、新幹線までつくっている。

もっともっと、先にある幸福の世界を目指して。
もっともっと、どの人も同じように幸せに生きられる社会を目指して。

それは、愛だろう！

自分も、親も、家族も、みんなみんな人だ。新幹線をつくった人たち、戦争で戦って守ってくれた人たち。みんな同じ、人だ。

ああ、本当のことをいえば、誰とも戦いたくはないよ。争ったり、腹の探り合いをしたり、そんなの嫌だ。バカみたいじゃないか。そんなことをして、何がいいんだ。誰が幸せになれるっていうんだ。

どうしてこうも人間には、エゴがあるのだろう。自分の欲、満足感、優位、立つ位置の上下。それが、何だっていうんだ。

ああ、いつまで続くのかなあ。
本音を言ってしまいたい。
今は言えない。まだ言えない。言えば、自分を守れない。弱気になってしまうから。

言ってしまったら楽になれるのか？
そんなお人好しな自分で、あの荒波の中でどうやって生きてゆく？

自分だけ楽になっていいのか？
幸せって、みんな一緒にだろう？
それこそ親と同じ、エゴの人間にならないか？
いいのか、自分！」

こんな自分を誰が知るだろう。

これからのことを思うと、内心怖かった。誰も助けてはくれない。助けようがない私の人生の諸々。理解は示しても、どこをどんなふうに手を差し伸べればいいのか、普通の人はわからないのが普通だろう。

だが、救いの神とはいるものだ。そう思った。
人生の大きな節目には、何かが現れるように思える。
自分だけではない。人間とは、そのように出来ているのだろうか。
仏教との出会い。教え。唱えたこともない般若心経が口をついて出て来る。読んだこともないその文字達が、ごく当たり前のようにして声と共に出て来る。救われる。まだ自分は頑張れる。

「では、いってきます。何があっても逃げません」

勝つためじゃない。

負けないためじゃない。
私が今生、この星に生まれて来たことのあかしのために。

この因果を消すために。

その思いはやがて、「人を救う」という観念に近づいてゆく。それが今生の使命。お役目かもしれない。この思いは私を脱皮させ、物事を俯瞰して広く見ることを学ばせてくれた。いかなる人も、命ある人なのだということを肝に銘じる。

だったら、親も同じだろう？　自分！

「救ってやれ！」

小さかった頃、どこにいるとも知らないまま感じて来た神様の存在と、今救われる仏様の教え。嫌なヤツほど哀れに思え。そんな生き方しかできないのだから。

今のお前なら、もうわかるだろう？
だったら、それで進め。
この頃から、自分の中で反芻する言葉はいつも、女性的ではなく、男になってゆく。

ありがとうございます。
感謝します。

その日の夜、すごく泣いた。
とても泣いた。
嬉しい自分がいた。
神仏の御加護にはいつも悟りがある。そうやって、救われる尊さを知る。
人が生まれてくるということ。それに寄り添う有難い存在。
地球の苦しみは宇宙からの御加護で、いつか必ず救われる。そう実感する。学者ではないけれど、何となくそんな気がする。

必ず。いつか必ず。
人は幸せになれるように出来ている。

必ず。

「手の中」

とは言うものの、自分の周りは依然と変わることはない。
日々は忙しい。生活している中にあっては、自分ひとりで生きている訳ではないのだから、色々なことや状況からの影響を受ける。誰もが感じることだ。こちらもそうやって何かしらを与えて生きていると思うと、本当にこの世はお互い様なのだと気づかされる。

こちらも人の子、感情がある。救ってやりたくても、その前に腹が立つ。

どうしようもないな。


それにしても、おバカさんはおバカさんをやっぱり言う。

何と言ったか。


相手はどういう種類のおバカを持っているかはわかっている。一番腹が立つのは、そういうバカ発言に腹を立てるバカ自分。自分自身。


ああ、なんとも救えないヤツ。

自分よ。


言うことを聞かないと給料は出ない。そうな。

まあ、入社お祝いのはなむけの言葉としては、新社会人に社会の厳しさを自分が悪者になって教えて頂いた、有難いお言葉だから。それこそ、ちゃんと聞いとかないと。

とは、思ってはみるが。

一難去ってまた一難。

もう慣れている。いや、慣れちゃいけない。

幸せは、そんな慣れからは生まれない。

嫌は嫌。自分の気持ちに素直に反応しよう。自分のご機嫌をもっと上手に取ることが大事。と、今なら言えるけれど……。

職場の上司。それぞれ身内。

人って変わる……、か。というより、それが人間なのかもしれない。それでいいのかもしれない。育ててくれた人たち。命を守ってくれた人たち。

ここからが新たな学びだった。人というものを根本的に際限なく知るためにあったのだろう。あえて醜い状況を示すことで、本格的に私が学べるように。

日々の教え。その学びには真理があるような気がする。理屈ではなんの答えにもならないという真実が聞こえそうな気がする。

身内と言っても、大人になり仕事を同じにすると状況は変わる。そんなものだろう。

年々力をつけて来たなと誰の目にも実感できるようになってくると、周囲の見方も変わって来る。一人前の存在となって居場所がはっきりと色濃くなってくる。そうなると、身内だの赤ん坊の時はこうだったなどと、甘っちょろい感情だけでは通らないことは、お互いに大人の世界で生きる現実の中では、仕方のないこととして息づく。

学生の時までは、扶養してあげる弱い存在だったのだ。でも今は違う。それはある意味、お互いの心に、それぞれからの脱却の意味をなしていた。至って当たり前のことなのだ。

教えるばかりで与えるばかりの新入りも、それなりに努力して年数も経ってくれば、それなりのその人となりというものや個性も出来てくる。周囲や社会からの視線も変わってくる。

逆に言うと、それさえも出来ないようなら、一体何を努力して来たの？　と問われるのが当たり前だろう。でも、うちは、それをしてはいけなかった。

悲しいことに、そのことを私は全く気づかずにいた。

「恩返しの入社」だったから。

この思いが色々な意味で、あとあと自分の首を絞めてしまうことになっていくとは。

人は変わるのか。違うと思う。そう見えるだけ。人はみんな、闘っているんだ。誰かと。そして自分と。

神様目線で見てみれば、どんなことも、人も物事も、所詮人のすること。人は神ではないのだから、色んなことを発想するし、やってしまう。だから、しまった！　もあれば、傷つけたり、思いとは裏腹のことを言ったりもする。

嫌がらせのように思いたくはないけれど、思えても仕方のないことは、ほぼ毎日続く。感情を乱すように仕向けられる色々の何かしら。段々と気がおかしくなっていく。言い返そうとすると、もうその場所にはいない。考えたあとに動く性質が、思考と行動を同時にやってのける性質に負けてしまうという図式。言い返したらいけないと、瞬間、思う。自分の負け。

ふと思う。またもや、ここでも、この年になっても、同じことをやっている。我慢と仲良しの自分。反論できない、物言えぬ苦しさは苦痛に直結する。

何というか。何と言ったらいいか。うちはみんな疲れている。心が疲れ切っている。我慢しているのは、そして、自分らしさとかけ離れた生き方に苦しみを感じているのは、自分だけではないんだ。

なんという、因縁だろうか。生まれ変わりだろうか。

それとも自分は、みんなのストレスを解消させてあげるためにここに生まれてきたのか？　勿論、そんなバカな。まさかだろう。なぜそんなふうに考えるんだ、と叱るもうひとりの自分。

輪廻というか。業というか。

おい、仏様の教えはどこへ行った？　神様が見ているぞ！　と、またもやもうひとりの自分が叱責する。

もしも人間の心の中に愛の泉があるのなら、自分は今、完全な空っぽかな、そう思う。そんな人間になっていくのが怖くなる。そんな人間にだけはなりたくはない。それが本当の自分ではないんだと、空に向かって叫びたい。

このままではいけない。自分も救われない。相手も救われない。誰も幸せになれない。だが苦痛は次第に無機物な感情に変わる。そうでもしなければ、感情がいらぬ感情を生む。感情の制御機能に自信が持てなくなりそうな手前にいた。

仏教に帰依する。
もうひとりの自分が生まれる。心の支えができる。法名を頂く。
惠龍。

天から見れば、今の自分はどう見えるだろう？

事あるたびに、今でもよく戦国武将の逸話を思い浮かべる。そこには背景の違いはあるけれど、同じ人として生まれて来た、人間の苦しみや生き方が見えるから。

伊達政宗。
私と同じ密教を崇拝して、様々な過酷な人生を歩んだ人物。彼もまた、身内の中に起こるあらゆる苦難を背負って生きていたのだ。

あなたなら、どうされますか？

もしあなたが私なら？

あなたなら。

「ちょっと来い」

そういえば、私から話かけたことはなかった。
後にも先にも、この時だけ。一度だけ自分から呼び出したことがある。

父を呼び出した。

理由？
無い。

あるのだがあり過ぎて、見えなくなって消えてしまうこともあり、そのたびに茫然となる。何を、何から、どこまでを、端的に、これとこれを、といった具合に言えばいいのか、あまりにも、全てがボーダレスで自分でもわからないくらいだ。

大人になり社会人になって、いまだに自分の上に位置しているのかと思うと虫唾が走る。だが職務上はこっちも社会人、常識をわきまえないただの若者とは思われたくはない、ゆえに。そこのところは業務的に理解するだけにして、相手にまんまと見下されないようにやってあげてる。だけ。

忘れてはないか？　一応、親だよな？　一応。子に対して、なぜ親が別れてしまったのか、なぜ小さい時から離れて住まわねばならなかったのか、何も聞いていないぞ。言わないままで通りすぎようとしていないか？　それ、もしかして俺の役目？　とでも思っちゃいないだろうな。オイ。

それとも、なにか？　あれか？
それ、出てったモト妻の役目でしょ、って感じですかあ？

見たぞ、戸籍。あんた一応、親の欄に名前載っとったぞ。おっかしいなあ。親権って言うんですか？　わたくしの最も軽蔑するに値するご尊名が記入されてあられましたが。あれは、どなたのことでしょうかねえ？

お前。男だろ？　産ませたからには責任持てよ。

バカにされるぞ。ええんか？　一番嫌だろ？　そういうの。

てか。恥。じゃね？

女はこわい。人間、怒りも極限に達していざとなると、頭の中はまるで男だ。いや、そんなたわごとを言っている暇はない。

いざとなると本当に、男。だった。精神が。そうやって、心と気を強くして気丈に保ちながら、自分が弱くならないように、置かれている環境や運命に負けないように、精一杯守っていたのだと思う。小さいながらにも。若いながらにも。

ずっといつだって、極地だったのだ。

張りつめた弦は、弱い。それに似ていた。偽りの強さで自分で自分を守るということ。それが、小さい頃から染みついた思い。

張りつめた弦……。

父の自宅に電話をかけるなんてこと、当たり前だけどなかった。

イマ妻が出る。名前を名乗る。

「はあ?」

一瞬の間。そういえば聞き覚えのあるような? 慌ててビックリした様子で、あらためてよそ行き言葉に変わる。1つ1つがそらぞらしいが、気にはしない。

親となって精一杯育ててくれた……。だそうな。世間様いわく。この世には、やっていなくても、堂々とまかり通る嘘八百がたくさんある。嘘も見事に塗り替えられる。

大人の黒い幕の内。

そんなこと、愚かだ。哀れだ。人間に、そんなことなんて、1つも必要じゃない！

お父さんって言ったことはない。

もし、話題に出た時には何て呼ぶ？

この頃、こいつのことを隠語的に、越後屋と呼んでいた。悪だくみの権化。我ながらピッタリだと思う。

受話器の向こう。随分待たされた。

「用件は？」

ここで、用件を言ったところで相手は出ては来ない。

わざわざ呼び出すからには確固たる理由がないことには、話には乗れないね。

それくらい、言う。やつ。

さて、何と言おうか。

「お忙しいなら無理にとは言いませんが、ご自身のことで……。直接お聞きしたほうがいいと思いまして。それとも他のどなたかに伺いましょうか？」

ご自身のことで。理に合っている。

両親の話、イコール、ご自身のことだろうが。

数日後。待ち合わせの時間よりもだいぶ早く着いた。また何を平気で、嘘を言うかわからない。お見通し。証人で叔母をひとり連れて行った。叔母は緊張して、着いてからずっと、両方の手を組み合わせては力を込めたり緩めたりして、落ち着かない様子だった。

それを、もしかして事と次第によっては、殴られるのではないかと心配してくれているのだろうと思っていた。けれど彼女の心配の焦点はそこではなかった。取っ組み合い。になるのでは？　だったそう。

自分は一応、女性。
でも、そう心配されても仕方のない、凄まじい仕打ちの数十年だったから。だから
すでに、自分はたくさん捨てている。それがいい、時にはそれでいい。そう今でも思っている。

それくらいの気概、持っているぞ。そうじゃなきゃ。生きてはいけない。

だから、男、女は関係ない。生き抜くことが全て。人間として自分は生きている。それしかない。それも人生。いいんだこれで。それをスゴイとは断じて思わない。むしろ逆。もっと楽にコドモしていたかったし、青春していたかった。なにもいらないから。究極の願いはこれ。行きつくところはシンプルだ。

神様。
この世に「普通」の定義はないけれど、願わくば、次の世に出て来る時は、何はなくとも普通で生まれたい。そうなれるように、今、がんばっている。来世のために。

愛情の中で生まれ、1度、いや、できれば3度くらいは、一生のうちでそういうものを感じて生きてゆきたい。3度で十分だから。

そういえば。先日、銀行に行った時のこと。閉店ギリギリなのにも関わらず、中はまだあふれかえっていた。自分では買わないもののトップ3に入るもの。週刊誌。でも久しぶりに開くと、そこそこワクワクする。後ろの席からご婦人方の話し声が聞こえてくる。

「結婚する前は早く2人になりたかったのに、結婚してしまうと早く1人になりたいのよねぇ」

納得！　さすがだ。思わず、笑ってしまう。この人たち流で言えば、まんざら自分の人生も、味わいがあるように言ってもらえるのかな。普通の人生でないのなら、面白みや旨味で勝負さ。

そのためにも、早く片付けておかないといけないことがある。

断じて言うが、話し合いだから、初めての接見だからと、まさか喫茶店や料亭とか何やらと、大人な雰囲気で落ち着いたお話し合いなんて気持ち、微塵も頭にはない。おそらく双方共に。

「自社にてお待ち申し上げております」

無機質な空間がちょうどいいはず。感情は挟まない。理論と知恵比べ。小学生だった頃。はじめての論戦。粗削りの腹の探り合い。

あれから何十年経ったろう。何十年、か、経った中、相も変わらぬ生活をして生きている。変わらぬ環境。変わらぬ関係。変わらぬ自分。

「お前はどうしたいんだ?」

待つ間。もうひとりの自分が言う。

「何をしたいんだろう?」

「どうなってゆくのだろう?」

一緒について来た叔母は着いてからも終始無言だった。組み合わせた両手を見ては、時々、深いため息をつく。

「自分だけが苦しいのではない」

この人も、あの人も、みんな、みんな。

そしてもしかしたら、父もまた。

どの人も、それぞれの人生を背負って、避けようのない苦しみを感じながら生きている。なのに、自分だけ、こんな場面を設定させてまで、意志を貫こうとしている。

みんな、我慢している。すべてを受け止めて必死に生きている。

なのに。

「いいのか！　自分！」

「愚か者！」

もうひとりの自分が言う。

「でも……」

それにこたえる。

「負けは嫌だ。こんなに苦しめられてきたんだ」

「お前が今日、余計なことをすることで、どれだけの人たちが悲しむのかわかってるのか！」「ここまで来たら、最後まで我慢せい！」

最後まで我慢せい、か。

そうだな。そうだよな。それが当然だよな。

少しばかりの後悔がにじむ。

なぜだろうか？　会ったこともない、写真でしか見たことのない先祖達の顔やこの前まで生きていた人たちの顔が浮かんでくる。祖父、祖母、母、関係のある人たち。色々なたくさんの人たちの中で、自分は生まれ、ここまで来た。張りつめていた糸が、もうどうでもよくなってきて、30％緩み始める。あと30％増すと、今日の計画はおじゃんになる予感もしてくる。

「早く、こんなことから解放されたい」
「闘って、ケリをつけてやる」

どちらも本音でどちらも嘘。心の中でせめぎ合う。
きっとどちらも本当の自分なのだ。

「どうする？　自分！」

廊下を歩く足音が聞こえてくる。滅多にないこと。待たせるのが普通なはずが、時間励行だ。意識してきたのは間違いない。

「ん？　何か話でもあるのかな？」

こういう逆なで作戦は慣れっこだ。どうってことはない。問題は自分の心のベクトル。今のままだと、言おう言おうと思っていたことさえ、全部を言えなくなる。

「ゆらぐな！　自分！」

生身の自分が心の中でゲキを飛ばす。

叔母がふいに顔を下に下げて、「はぁ〜〜」っと深い深いため息をついた。それはまるで神様からのサインのように聞こえてくる。

「やめなさい」？

それとも

「がんばれ」？

どっちだ？


「なんだよ。話があるっていうから来たんだけど。ないなら、帰るよ」

帰るよ。か。

あんた、昔のこと忘れたのけ？　この大馬鹿野郎。

「じゃあ、帰るぞ」

おそらく、こういう場面はこれっきりだと思う。にしたい。

究極の時間。右か。左か。

どうする！


「お聞きしたいのですが」

切り出した。何か言葉を出せば、あとは何とかついてくるだろう。

「産んでくれた人のことを」

母のことを、とは言えない。産んだ産まなかったが問題じゃない。実際に親同然に育ててくれた人がすぐそこに座っているのに、母という音は出せない。それが礼儀だと思う。

「はあ？　ああ、あれねえ」

「どうして別れるようになったんですか？　それから、どういう人で、今、どうしているか、知っていることを教えてください」

お前は売れない三文役者か。表情に軽薄な見下げた笑みをたたえているのがチラリと見える。

「ああ、あれねえ。お前にはまだ言ってはいなかったっけねえ。あれは、お前がお腹に入って産んでから、勝手に出て行ってしまってねえ。ずっと実家にいたみたいだった。結婚していた時も、よく実家には帰っていたようだけどね。しばらくしたら、わかれるわかれるの一点張りで。もうどうしようもなかったよ」

なるほどね。坊主憎けりゃ袈裟まで憎いの理由ってか？

黙って聞いていた。だが、呼び出すからにはこちらもたくさん仕込んでいる。
それにしても相変わらずだ。それしか出てこない。
「わかりました。今日はありがとうございました」で散会してもいい。
そう思う自分もいた。
だが次の瞬間。人間の感情の色々の、そのまた究極のそのまた極みとも言うべき。
人間の持つエゴの極地。極限を知る。
残酷なまでの、自分の甘さを痛感させられることとなる、あるひと言を告げられる。

これも人間、これぞ人間。

こういう体験をしないままには、自分の一生は終われないのだろう。きっと。人というものを本当の意味で、根こそぎ学ばされる時が来る。

「それが……。そのあとどうも、もう1人出来てたようだったんだけどねえ……」

何も言わず静かに聞く。部屋から出て行く姿を黙ったまま見送る。計測など不可能な物凄い速さで、色々な人たちの顔が浮かぶ。

学校の運動会。他の友達はたくさん家族が来ているのに誰もいないからと、わざわざ応援に来てくれていた大人達。遠足の日、私が好きだった牛肉のごぼう巻とサクランボが必ず入っていた可愛い弁当箱。顔にケガをしてしまい血だらけになった時、病院に担ぎ込んでくれたあの日。

そういうフラッシュバックは、これ程たくさんの内容なのに1秒もかからない。

そして思い出す。

両手を広げ仁王立ちで婆ちゃんを守っていた3才の頃。ビリビリになったお気に入りのワンピース。でも泣かないで、じっとその様を見ていたあの頃。女の人たちの泣く声。情けないと泣く声。天に向かって哀しみの声を静かに告げる声。恨めしいと泣きながら色んなものと格闘している声。その格闘はおそらくどの人にとっても、自分とだったり、他者とだったり。それらは全部、地の底を行く人間の声。声。

「縁を切る！」

決める瞬間がついに来たようだ。

立ち去る背中に言う。

魂の奥に眠っていた自分の最後の声が、意志を無視して顔を出す。

「恥を知れ！」

「ばかじゃね？」

最近、だんだんアホらしくなってきた。なんて言うと、アンタまだそんな年齢ではないでしょ、とお叱りを受けそうだ。

が、アホらしくなってきた。そう感じてしようがないのだからしようがない。

やりたいようにやれよ。

好きなようにやってな。

あ〜〜、いーちぬーけたっ。どうぞどうぞ。ご勝手に。

それが素直な今の気分。正直でなかなかいいじゃないか！　自分。あの、父と会った日以降はずっと、こう。もうひとつだけ言ってもいいよと、もしも言ってもらえるのなら。これを言ってもいいだろうか。「疲れてきた」。ちょっと早めの、人生の疲れと言うか。もう何十年になるだろう。そろそろ、いっかな。退出させて頂いても。

以前は、いや昔はこんなことはなかった。最近やけに、ぽーっとする。

ぼーっとはしない。ぽーっと。

親にそんなことを仰ってはダメじゃないのかしら？　などと言った反論は一切御免。
バカにつける薬はないのだから。しかしアホにつける薬はもっと無い。

あやつはバカじゃない。アホじゃ。
そんなところから産み出されて来たのかよ。
恨むで！　神さん。あんまりやで。

二者面談からあと、すべてが無意味感に襲われる。現在、過去、自分、努力、我慢、
それから、それから、それから……。

神仏を拝む身なれど。であれど。頼むから言わせてほしい。
アホらし。ったら、ありゃせんわ。

人間とは、とか、人とはなんぞなどの哲学的なモードはもはや持ち合わせてはおら

ん。なんの叱咤も激励もいらん。

自分は何者じゃ？
お前は何をしとるんじゃ？

今日は、朝から天気がいい。からだろうか、家の道路沿いでは車の走る音がひっきりなしだ。晴れた日曜日に、ずーっと家にいて、なーんにもせず、うだうだと同じことを何周も考えて遊んでいるのは自分だけじゃないの？

そういえば休みの日とはいえ、朝から食事らしきものは何も食べていない。空腹にコーヒーを飲む。水。あと、なんとなく気分で、のど飴。バッグに入っていたから。

体は実に、うまいことよく出来ているな。そろそろ腹が減って来たではないか。こんな時も。もう少しお嬢様のような、例えば、物思いにふけっている時は1日中食べ物がのどを通らないとか、何というか、そういうお姫様気質はないのかな。自分！

きちんと空腹サインがやってくるが、まだ余裕はありそうだ。ガス欠寸前でもまだあと5キロは走れる感じ。

「違うことをしよっ！」

違う自分になりたかった。
性格とは言わない。生き方なんて高尚なことは考えてはいない。

じゃあ、ちょっと遊んでみようか。

女はこんな時、便利。マジックが色々ある。まずは見た目で遊ぶ。
いつもはつけないマスカラ。アイシャドー。口紅。
髪型も、クルクルに巻いてやろっ。

使う使わないはさておき、そういう一発芸コスメも一応は持っている。ただ、通常、女子がこれらを駆使するのは良い時のため。そう、良い時。でもケースバイケース。仮装用で使うのもアリさ。同じグッズでもランデブーポイントが違う。

それでも楽しかった。化ける。変わる。違う自分。別の人。息抜き。

さて、その次は着る物だ。どうしよう。タンスを見てみる。物持ちが良いことは誉め言葉と言えるのだろうか？　私は高校生の頃の洋服から、まだ捨てずに持っている。しかも、ほぼ良い状態のまま。捨てるに捨てられないから、普段着として着たりもする。少しではあるが小学生の頃のものもあったりするが、これは確かに思い出のアルバム要素だ。久しぶりにちょっとだけ思い出にふけってみる。

「今日着ていく物を選ぶんじゃなかったっけ？」

思いながらも、目に入ってくる懐かしい思い出たちと、しばし遊びたい。

「捨てられない」か……。捨てられなかったんだ。自分は。大事に大事に保管して。キープして。なんだってそう。反省っぽい感情が少し浮かぶ。

すぐに着る着ないは別として、持っておきたいという理由で買うこともあるのではとは思う。

昨年、友人と一緒にお茶した帰り、紹介されたお店で買ったワンピース。所有欲という程のものではないが、いつか着るだろうという気持ちと、勧めてくれた店の人の接客がとても親切だったので、予定外に買ってしまった。日常で着ることはまずない。使用頻度の優先順位で、どうしても奥のほうに置かれがちになったその服。

今日は、これにも日の目を浴びさせてあげることにしよう。

なんだかワクワクしてきたぞ。

メイクもきまった。ヘアーもきまった。着る物もきまる。

さて、どこに行こう?

そこで考えていても時間のムダ。とにかく出る。出てから考えればいい。動くのが先!

運転が好きだ。車が好きなのではないけれど、運転するのが昔から好き。誰にも聞こえない空間だから、何をやっても恥ずかしいはナイ。歌う。ブツブツ言う。音楽を聴く。それから、ちょっと知らないところに行ってみたり。散歩のためにわざわざ車で出かけてゆくこともある。

My Revolution

取り込んでいたCDから聞こえて来た。この歌が好きだ。そういえば！　この歌が主題歌の映画が始まっていたような。たしか今やっているんじゃ？

「行ってみよっ！」。

天気のいい日曜日なのに、みんな映画か。考えること、一緒だ。それだけ売れてるんだな。チケット売り場に並ぶこと、待つこと、20分。日本人はマジメ。行列が好きだな。食事のために並んで待ったことはない。うんと前、待つだけ待って、やっとの思いで入ったら、お目当てのメニューが「それ、売り切れました～」、の目に遭ってからは並ばなくなった。でも、今日は並んだ♪苦にならない。

それは、あるさえないブサイクな男性が、ひょんなことからどんなブサイクも美男子になってしまえるという魔法のスーツを着て、色んな体験をしていくというストーリー。中味そのものは至ってシンプルだが、とにかく陽気で笑える。

こんな時にはうってつけだ。今の自分にはこれだ。

自分だって、この主人公と同じブサイクだ。変わりたい。変わりたいとは思っても、一緒。所詮は無理。変わったところで、それ以外、自分以外は何も変わることはないのだから。結局、同じなんだ。

今に感謝して満足するしかない。わかってる。

気楽な映画が、ひとときだけではあるが癒しをくれた。化粧室に入るたび、違う顔の自分に未来を感じる。

「来年の今頃は何をしているのだろう」

未来はどうなるのだろう。それは誰にも分からない。

自分との格闘。他者との格闘。逃げないぞという自分なりの決心。今まで。色で例えるなら、真っ、が付くと言えば、神様に怒られそうだから言いにくいけれど、黒は黒だったと思う。たまに、グレーと、日によってベージュもあった。逆に無いのがオレンジ。ピンク。イエロー。それとグリーン。イメージで言えば。

中学の頃、そんな思いを強く持った時があって、「日本人は旗が赤と白だから、そんな中間色は本来似合わないんだ！」と思いこませて励ましていた。ちょっと笑ってしまう。でも、マジメだった自分。あの手この手で奮い起こすことが日常だった。

奮い起こす、か……。

本当の闘い好きは奮い起こさないものだ。でも、そんな事実も感じたくはない。だって弱みが一番の敵だから。いつだって最終的には自分の敵は自分。弱い自分をどう生かしてゆくか、ひるみたくなる自分の弱さにカツを入れなければ！　それには努力が必要だった。

ただ、ここにほんのちょっとでも、自分の味方になってあげられて、嫌なことに正直に反応してあげられる自分がいたならば。もしかしたらだけど、もっともっと楽になっていたのかもしれない。だけど全部、後の祭り。

ああしとけばよかった、と思うのは何事も簡単なこと。

その時その時の精一杯で、みんな生きてゆくんだから。
振り返り、反省や後悔をしても、もう、ここまで生きて来た。この先は進むのみ。
前だ。前！
１００才の人からみれば、まだほんの若造。それくらいが何だ、と言われるのかな。
未来、かあ。将来、かあ。これから、かあ。

この頃はまだわからないでいた。
確かに何かが変わってゆく。音も聞こえず、声もせず。
でも何か感じられるような気配というか。感覚というか。それは確かにある。

「退職しよう」

ここからだ。

動くのが先！

だろ？　自分。

「男の上」

身の振り方を決めて先のほうへ視線を伸ばすと、段々気分的にも明るくなってくる。縛られることのない自由さがある一方で、寄らば大樹がないことへの覚悟も試されてくる。

でも、そんな小難しい現実的な色々はどうでもよかった。いざとなれば、皿洗いから始めようと思っていたし、腹を決めさえすれば何だって出来る。

あと残された、やらねばならないことは、「報告」だけ。

嫌でたまらないけれど、一番トップのあの上司に。

いつ、どんなふうに言おう？ 考える。気分の良さそうな折を見て、要領よく話しかけないと、そのあとが大変だから。超短気なのは重々知っている。これも永年のカン。そこは処方箋を握っている。

ただ、もう1つがどうもやっかいで。

執念深さ。

良心的に見ると、これがあるから彼はあらゆる、普通の人が考えないであろう問題も起こしてきた訳で、そのたびにその拡大化されたトラブルに困窮してきた訳だ。

アタマが良すぎると、先の先のそのまた先の先まで考えるのだろう。いやいや買いかぶる暇はない。直球でいこう。ただの、しつこいのが過剰なおっさんと思うべし。

教育事業を永年やっていると、必然と色々な気質の子供から大人までと関わるようになってくる。そこでは、あらゆる性質のタイプが人間にはあることをわかった上で、更にそれを再認識させられることもよくあるもの。表面上、何の問題もないように映るその家庭でも、よくよく聞けば、その奥や根っこに存在する「何かしら」があることが伝わり、大きな要因として避けては通れないのが、やはり親子関係となってくる。

大昔にもあるにはあったのだが、近年はこういうものがむき出しで現れてくることもあって、そのたびに揺れ動かされてしまうのが、真ん中にいる子供である。

父も彼の歴史をたどれば、物心ついた時には、彼の父である爺ちゃんはすでに中国に渡っていた。戦前のこと。今とは何もかもが違う。彼的にはどうも、そばに父親がいて叱咤してくれたり、遊んでくれたり、話を聞いてくれたりして欲しかったのだろうなと思う。そんなこと求めない子もいると思うが、彼は求めるタイプの子だったのではないかな、と。

惜しかったのが、自分自身が超エリートだったこと。かわいそうに。なまじっか、秀才くん過ぎちゃったもんだから、アタマばっかり使いすぎて壊れちゃったんだね。壊れると変な誤作動を起こすから、その後遺症だったのかな？

ここが運命。彼なりの。

運命を変える。どうも人には2つあって、それを可能にする人とそうではない人がいるような気がしてくる。

歴史上の人物達も武将達も、みんな成し遂げるまでには、何かの大きな災難だったりトラウマだったり苦痛だったりを経験している。平坦で楽な一生だったという話のほうが少ないような気がする。そういうことがあるから、人はそこから立ち上がって大成もするし、逆にいえば、それをなくして人生を語れはしないし、人もついてはこない。そういうことなんだなと思う。

彼は自分の環境や願望が通らないことから脱却できなかった。なんとかして道を切り開こうとしなかったのだ。運命を変えられなかったのだ。

自分は嫌だ。最後まで挑戦し続けるんだ！

少し心の余裕ができてからは、そうやってひとりの人間として見るようにもなってきた。観察するには、教育学上ではなく人間学上としても、滅多にないモデルだろう。それは断言する自信あり。

「親の二の舞は踏みたくはない！」

自分の運命とやらが、もしも決まっているのだとしたら、一体だれが決めたんだ？それ決めるの、自分！もしも困難があったとしても、そのままなんかじゃ生きないぞ！人間なんだ！人間の力は偉大なんだ！神様はそうやって、人間がいかなる困難にもめげずに、挑戦し続けてゆく姿にこそ……。諦めない姿にこそ……。

気概。を見てくださっているんだ！

自分は今、とても能動的に生きていると思う。前はこんなじゃなかった。苦しみにいかに耐えるかとか、絶対に負けないとか、親と同じには見られたくはないとか……、とか。

もう、そこにはいない。たぶん、いない。

あの二者面談の日から、確実に何か変わった。目に見えないようにして、少しずつ。でも確かな歩みで何かが違ってきている。

それはきっと自分も、向こうも。
お互いに、何かが違う。

ずっと考えて来た。あの日、「恥を知れ」と言ったあの日。今までの傾向ならば、必ず「何を〜！　こやつが〜！」とぶん殴りに来るはず。の予定でいたのに。なぜあの日は、それをしなかったのだろう。

それから、なぜ、振り向かなかったのだろう。
ゆっくりと黙って退出して行った。
次の日も、何も無かったようにしている。

滅多にないこと。話し合いをするなんて。
今までにはなかったこと。呼び出すこと。

そういうことをしようと思ったことの全部。
もしかして、のラインで言っていいなら。これって仕組みだろうか。神様の。
これがなかったなら、人生の転機はなかった。

人間ワザではない。
大きな大きな何かの力とサジェスチョン。

「転機？」今、自分の身の上に起きていることをどう捉えるか。

今までの人生で見てきたこと聞いてきたことをどう思うかなんて、今はどうでもいい。そうではなくて、そこから何を受け止めるのか。意味。教え。ここをじっくり考えたかった。

ここが、自分の人生のわかれ道になるような気がしてならなかったから。

その頃の私は仕事でもかなり評価されるようになっていた。実のところ役職には興味がなかったし、あればあるで逆に不自由で面倒だ、くらいに思っていた。

職場には日々、色々な人たちがやって来る。中には難しい経営の知恵を貸してくれようとする人たちや、起業して一緒にやりたいという希望を持っている人たちなど色々だ。

人にもよると思う。それこそ人間性なのだろう。いつもが上から目線の人は、どこにいてもつい出てしまう。表情であったり。

そういうケースに遭遇すると、またもや、あの自分がむくむくと出てきてしまうのが未だ至らないところ。なんせ論破は小学生の時から板についていたし。そんなことよりかもっとたちがわるいのが、自分の心理の中で男と名の付く存在とは、「一切の妥協はしない」「負けない」対象といった、ダーティなイメージを持って相手を見ているという……。

要するに、相手の向こうに我が親を見ていた訳だ。だから何が何でも、負けたくない。そこに一切の諸々は通用させない。勿論自分にも。負ける自分は自分が許さない。そんなふがいないヤツは死んでしまえくらいは、思うこともあったような、なかったような。

表面はそんなこと微塵も感じさせないような普通の女性の心の中に、まさかそんな狂気が潜んでいるなんて。

「親のことばっかり言うなよ。お前こそ、哀れなヤツじゃないか」とどこからか声が聞こえる。

「いや、違う。私は絶対に男の上を行くのだから。男の下に行くようになってしまう自分は、断じて認めない。そんなに弱くはない」

仕方ないなという顔をして、また聞こえるその声。

「あのね。弱い弱くないって、そんなことでは許らないの。それに、あんたちょっとは、これを覚えな。負けて勝つということ。もう少し大人になるんだ。もう少し目線を上げるんだ。そうやって、人というはかない存在をわかっていくんだよ」

退職の意志を告げに行く。

机で何やら小難しそうな書類に目を通している。ちらっと眼を上げてこっちを見る。ちらっとだけ。顔全部は上げようとはしない。この前呼び出したことを反省して、責任を取るため、とでも思うがいいさ。彼にとどまらず、何の場合も意味付けは第三者の勝手。

そして意志を告げる。

「給料は？」すかさず返ってきた。

言って、またすぐに机上の書類に目を落とす。

だが、これでは終わらないはず。

「退職金は？」

そうきたか。なかなかだ。さすが。

そこから先、どう受け止めるも、全てはあなたまかせ。ってこと？

そこまで言うことくらいは知れている。要るものか。どうぞどうぞ。

と、言い切りたい。でも。現実は現実。そうはいかない。貯えといってもたかが知れている。それに小さい時からよく体調を崩した。家や家族の問題の中で、始終ストレスを感じて生きて来たからか、大きな病気はしなくても、小さな病気や体調不良をよく起こしてはドクターの世話になる。体力もあるほうではない。月々の入るものもない、多少のまとまったものも無い。そうなってくると事態は急変してしまう。

向こうは向こうで考えているはず。私がいてこそ、自分が偽りの子育てをしたことの証明になる。その唯一無二がいなくなってしまうのだから。これほど自分達にとって、おもしろくないことはない。でも、だからといって引き留めるのも業腹。

ふたりの無言の探り合いが続いてゆく。

音はない。声もない。呼吸まで止めたかのような、恐ろしいほどの静寂の中、ずっとそこに立っていた。このまま静寂を通すことは、まるで親に叱られたあと、さじを投げられて相手にされなくなった状態に近くなる。それこそ私の忌み嫌う、向こうが上、の状態だ。それを打破するためにも、なんとか言葉を発しなければ。

「あ、しまった！」

書類を書き損じた父が発する。

1分も経ってはいなかった。完璧にこなすこの人にも、しまった、なんて存在する……。眉間にしわが寄り口がゆがむ。

「もう、わかった」

飲み込むような了承が漏れた。

どうする？　自分。まだ間に合う。次の瞬間。

人間は時々、自分でもわからないことをするのだなと思う。


「お父さん」

生まれて何回言ったのか。勿論、両手分もない。だから計算するに及ばない。

今から何十年も昔、新しい土地で初めて住むそこにある小学校に、父は一度だけ、担任の先生に会いに来た。最低限の親の務めを果たせと、祖母達からやいのやいの言われて、やっと来たのだった。

アホの子はやはりアホ。

そんなヤツでも本当は嬉しかった。子供心にもどんなヤツかほとほとよくわかっているのに、嬉しかった。

学校まで一緒に並んで歩いた。

私はスキップしていた。ような感覚だった。

前を見て歩いているかと思えば、横にいる父を見上げてぴょんぴょん跳んで歩いている。

離れて暮らすと尚のこと、誰かが自分のためにやってくれることは、なんだって嬉しく感じる。

いや、私には別の希望があった。もしかして父は改心してくれたのか！　と。
良い人になってくれたのか、と。

勝手にそう思うアホな自分。まるでチャレンジャーのように、あのねお父さんお父さんと、呼びまくる。

思いこんでいる自分。疑うことを知らないアホっぷり。はしゃげることが、さらに自分を嬉しくてたまらなくさせる。

おそるおそる、父の手に触れる。
これくらいなら、いいかな？　もっと、いいかな？

そんなこととやったこともないのに。冒険した。

次に手を握ってみた。一度も触れたことのない父親の手。その手は守ってくれるためにある手ではない。大事な人や物をことごとく破壊してきた手。

でも、
親の手。だった。
ひとりしかいない、肉親の手。だった。

するとすかさず。

払いのけられた。
手の平全体で。
あっさり。

何気なくではなく。意図のある、それ。だった。
それからもずっと無言で前だけを見て歩いてゆく。
私も黙った。自分の存在がわかったから。

これが現実というもの。

私が覚悟を決めた瞬間。生き方を決めた瞬間。

さようならを告げた瞬間。素直さに別れを告げた瞬間。

ここからはひとりなんだと腹をくくった瞬間。永い旅路の始まり。

「お父さん」は、その時に一生分を呼んだと思う。

人間、どんなことがあっても、まず生きること。生き抜いてゆくこと。どんな逆境でも生きている人がいるのだから。上見りゃキリない。下見りゃキリない。その1つ1つが尊いのだなあと思う。そこに、人の人たる所以があるし、美しさもある。

戦争は経験していない。だから、命が今日はあるが明日はわからないといった、極限のような境地は知らない。そんな時代に生きた先人達、戦国の武将達、みんなどの人も同じ人なのだ。

「本当の意味で、上を行く」
何十年かしたらもっと枯れて、器を広げよう。

本当に上を行くとは、追い越すことではない。下を歩けることなのだ。

意味はまちがっているかもしれない。
それでもいい。いい。今は。

神様仏様。
ありがとうございます。ただただ、ありがとうございます。

あの日。
背中に向かって言ってやった日。

久しぶりに見た背中は少し丸かった。
年をとったのだ。

自分よ、踏ん張って行け。

ここからは自分力だ。もう、誰がどうのとかなんとかはないぞ。
お前が本当に向き合わねばならない相手は、お前自身だ。

上を行く。

お前自身の上を行け！

超えるべきはいつだって、自分なんだ。

若い頃、よく業をした。密教にはよくあることだ。
人は苦しむためではなく、楽しむために生まれてくるという。

なんとなく、だんだんわかって来そうな気がした。

「もう、わかった」

「お父さん」

2人にとって、この時のほんの10文字以内のセリフは、お互いに、これにて終了の意味だった。

深く頭を下げた。

そして、その部屋を出て行った。

「人生の花」

そうは言うものの、だからと言って、じゃあすぐに和解したのね、という塩梅にはならないものだ。お互いにもしかして、それを潜在意識では望んでいたとしても、今までの感情がそれをスンナリとは認めてはくれなかった。

その頃の私の楽しみ。それは夜の時間。
ひとりで夜、窓辺から外の景色を何時間でも気の済むまで見て過ごす。
何も考えない。浮かばせない。心を平たんに。ただ静かに。

空《くう》。
無《む》。

カラになれることが何より有難く感じられた。心に何も無い状態がこれ程、心地いいものか。改めてわかる。そういえば小学生の頃、よく空を見ていた。近くにあるヒステリックな声と形相のあと、よく見ていた。

あそこは宇宙って言うんだよ。
あそこに神様がいるんだって。
死んだらあそこに行くんだって。

その頃、よく一緒に帰っていた友達が言っていたことを思い出す。

空は広い。大きい。不思議と、いつもそこから、誰かしらこちらのほうを見ているような感覚があった。私たち人間を。人の心を。

空、という文字が好きだ。空《くう》。それは見果てぬ夢。何も無いもの。眠っている新世界があるところ。莫大な世界観とカラになれる自分だけの自由と宇宙。

黄泉の国って言うけれど。そこだろうか。

そこに行くまで、まだ当分はかかるだろう。その時は自分はラクになっているだろうか。どんな生活をしているだろう。

短くても1時間以上はずっと見ていたと思う。たいていが2時間はその場にいて、ずっと外を見ていた。次第に、1軒また1軒と灯りが消えてゆく。隣りの芝生は青いというが、他人の家の灯りがどの家もとても暖かな色にみえる。単なる気のせい。そういう自分を客観的に見ているもうひとりの自分。

自分のことを認めてほしい。ここにこうやって生きていることをみてほしい。
今まで、ここまで、きたこと。

何を？　と言われると言葉に詰まってしまいそうだが。こういうのって、端的にスラスラ言うのは至極困難だ。言いようもない。それが容易に出来得るのなら、苦しみなんて、はなから人には無いんだ、もしかしたら。きっと。

今まで色々な時があった。
大声で叫びたいよ！　そんな時もあった。
布団をかぶって声をころして泣く。泣き寝入りで朝を迎える。そんな時も。

少しずつ少しずつ、心に余裕ができてくると、今まで発想もしなかった考えが浮かんでくるようにもなる。ある時は回顧。別の時には、もしもあの時……だったり。

またあるいは、自分はただただ必死に生きて来ただけの、ただそれだけの人間かなと思ってみたり。今までの自分とこれからの自分に想いを馳せたり。

振り返ったり、他の人たちと自分を比較して沈んだりという暇もないほど、私は毎日を生き抜くことに精一杯だった。これが現実の全て。

でもよくよく考えてみれば、もしかしたら、私はいわゆる一般の女の人、いや、男の人も含めて、変わった人生を歩まされているのかもしれないと、遅まきながら感じ始める。

どっから見ても普通じゃないでしょ？　と言われようとも、本当にそんな発想さえ浮かばない程、日々を生き切ることが自分の日常のテーマだったのだ。

今になって思う。普通の基準って何かはわからないけれど。普通っていいな。

それが一番の幸せ。と。


人生の節目。

大きく変わろうとするその頃。

そういう時はどうも、必ずと言っていいと思うが、それに見合った出会いが待っている。人であったり、話であったり、タイミングであったり。


「蓮の花」

「富士山」

これについての話をある僧侶の方から聞かされる。業をしていた頃、よくお世話になった。

「蓮の花は白い。いや、あれは白いのではなくて純白なんじゃ。
泥の底から這いあがり、泥水を吸って、そしてあの純白の大輪の花を咲かせる。

では、富士山の話を知っとるかね？
富士は遠くから見れば風光明媚な壮大な山で、威厳のある素晴らしき山だ。
日本人の象徴だな。そこには神が宿る。
では、実際にそこに登ったことはあるかね？

登山の途中だろう、人間が捨てて行ったゴミやけがれたもので一杯じゃ。

それはそれはむごいことになっておる。
人間に踏まれ、傷つけられ、それでもその幽玄さ気高さを誇る山は他にはない。
離れて見れば風光明媚も、近くで見れば、この有りよう。
きれいごとなど何もない。

人間にも同じようなことが言える。

渦中にあっては苦しき道も、これをどう自分が受け止めるか、どう生かすか。そこからが人生の花が咲く。わかるかな？」

頭で理解できることが、自分の氣に伝わり無意識の境地に落ちるまでには時間を要する。これが、ここから先の自分の学びになってゆく。

最後の日が近くなっていた。でも、まだその意味を知らない。

そう。最後の。

「おねがいだから」

ついてまわる。なんで？
仕事中についてくる。ずっと立って見ている。意味がわからない。というか不気味。

保護者の気持ちっちゅうヤツ？　今更？

姿を見つけて近くに寄るのは嫌がられることを、薄々気づいている様子の最近。以前はもっとわざとらしく、そういう行動に出ていた。考えられるか？　普通。そんなこと、するか？

人が聞いたら、こっちが変に思われてしまう。

何をするにも普通ではない全部。

祖母が生きていた頃よく言っていた。

「知らないでやるのならまだ許せる。知っていて、輪をかけて何かやってやるぞだからね。タチが悪い。まったく」

人間を理解しようにもする前に、へどが出てしまう行為の色々。嫌がることをしてほくそ笑む。年だけとって全く変化なし。一難去ってまた一難、そしてさらにまた二難。

人は変えられない。だから自分が変わるしかない、か。

修行……。修養……。あとは何だ。

この頃、物言わぬ何かしらの声に導かれるようにして、私の中では様々な変化が起きていた。過去と現在と未来が、じわじわと接点を手繰り寄せながら、うまく調合し合って、ただひとつの道を生み出そうとしている。

だが。こういう大変革の時は、要するに変わり目であり節目なのだろう。いいことだけではない。また、いいように見えても油断大敵精神でいったほうが、あとあと事が円滑に動いてくれる気がする。もういいだろう大丈夫だろうと安心していると、今になってまたこんなことが起きるのか、ということも起きたりするから、人間ってつくづくドラマだなと思う。その時にはわからなくても。

でもそんなふうに理屈としてはわかってはいても、生理的な「嫌」は変えられない。塗り替え自由ではないのだ。

精神はどんなに男性性を持っていたとしても、無理は無理。人には言えない受け身の苦渋があり、それは場合によっては生理的な嫌悪感や精神的苦痛にも変化してゆく。一種のトラウマというやつかもしれない。

それに、そういうことを思うと「負け」を感じてしまう。そんなふうに感じる自分を自分が許せない。

人のことばかりは言えない。自分だってそういうところが人とは違うところなんだ。普通の女性はそんなことは思ったりしない。そこには平和がある。自分にはなかったもの。持てなかったもの。知ろうにも知れない。未経験な世界。誰も信じられないだろう。

何十年……。日々は重い。

こちら向きに立って、ずっといる。凝視する先は自分に向けられている。その間、何を考えているのだろうか。

ああ、嫌だ嫌だ。嫌悪に次ぐ嫌悪。

それは、ある時々だけではなかった。連日というよりか、自分の気の向いた時はいつもという不規則勝手な不意打ちが待っていて、予想が付けられないことにだんだんとイラ立ちを感じ始めた。

お父さん、と言ってしまったことを心から後悔した。後悔して後悔して後悔しまくった。それがきっかけで？　なんて、死んでも思いたくはない。今更になって、仲直りごっこ？　蓮の花や富士の話を聞いたのにも関わらず、心の中で「お前、そんなふうに呼ばれたからって、うぬぼれんなよ」という自分がいる。

そしてそういう日がしばらく続いた。忘れてはいないあの日のことが、心の中の引き出しの奥から出てくる。3、4才の頃。廊下でのこと。近寄って来たあの時のこと。吐き気が止まらない。家に帰ってから戻しそうになった。風呂に入る時裸になった自分の局部を何度も何度も叩く。自分の女性性が嫌でたまらない。

「やっぱり男の上でありたい」そう思った。

今までずっと、忘れられないで来たこと。自分を苦しめてきたこと。それは自分が女だからこんな気持ちを持つんだ。女に生まれてきたからこそなんだ。あの時。あの日。あの顔。そうやって、何度も何度も叩いた。

泣き叫ぶ。
悔しくて。怒りに満ちる。
変わらない自分の女性自身が嫌で嫌で、自分に腹を立てる。

再び昔を彷彿させる。忘れたい。なのに記憶は自由を与えない。記憶が自分をせせら笑っているように映る。どこかで聞いたことがある。幼児期に受けたトラウマは、大人になってもなかなか消すことが出来ない。

自分は違う！　許さん！

ようやく前に進みそうだった我が身に、フラッシュバックで過去の嫌悪感と怒りの全てが総ざらいでやってくる。それが現時点の思いと見事に重なって、ひとつのパズルが完成される。ここまでになってくると、自分でも自分の感情が手に負えない。

髪の毛を引っ張る。体全体を叩きまくる。あざが残る。ほど、叩きのめしたい。

「許さないぞ。自分」

「今まで我慢してきた自分、許さないぞ」

すべてを頭ではよくわかっている。だが感情は黙ってはいない。

頼む。

頼むから。

お願いだから。


悲痛だった。崖っぷち。相手が死ぬか。自分が死ぬか。

最果て。まさにそこにいた。

「好きになりたい」

仕事が立て込んでいた。終わろうにもなかなか終われずにいた。すでに全員帰っている。ちょうど8時になろうとしていた。

電話が鳴る。通常この時間にかかることはまずない。間違い電話かもしれない。でも、そうじゃない気がする。なぜかはわからない。とても不思議な感覚だった。

人間には第六感が備わっているが、この時こそ、それだろう。虫の知らせというやつだ。

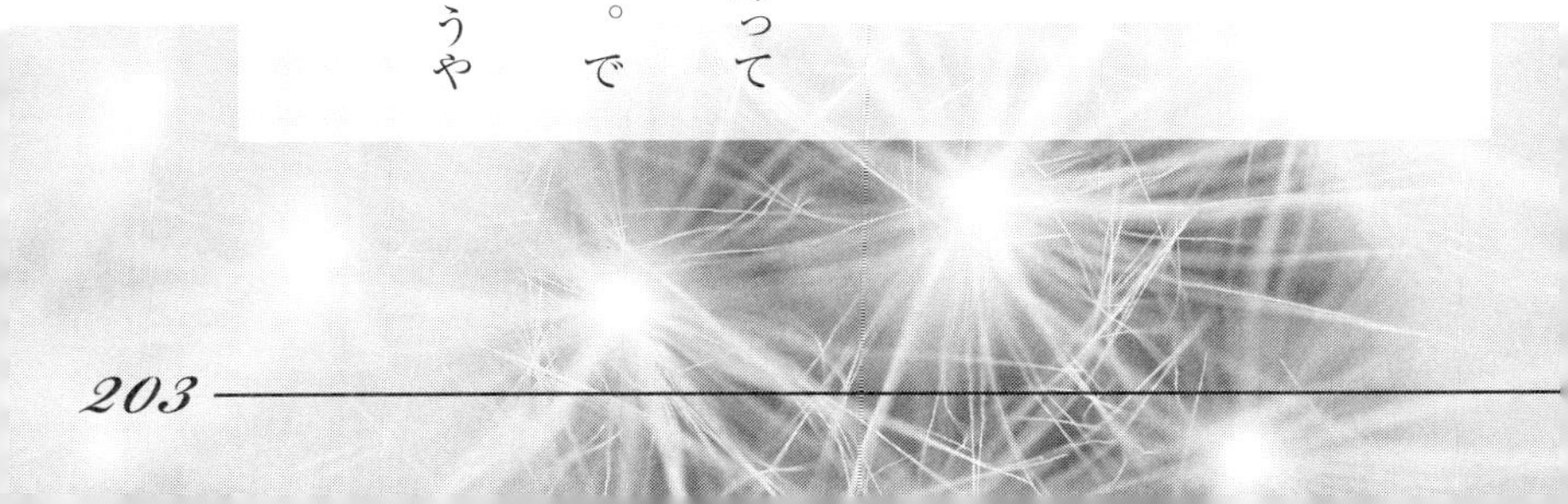

「お父様がお亡くなりになりました」

そして天上遙か遠く、天空の世界とも言うべきか、はるか彼方より流れてくる1本の線が、頭上より入ってきて体の脊柱を通り、真っすぐに自分の体を通って、地下に降りてゆく感覚。

それからすぐに訪れる脱力感と安堵感。全身から全部の力が抜ける。
そのまま椅子にもたれ、しばらく夢心地のままでいた。
ホッとした。と言ってもいいと思う。こんな時に。

親が亡くなったという緊急の連絡だというのに、他のどんな感情よりも何よりも先に、瞬間浮かぶ、ある感情。その時、不謹慎かもしれないがこう思った。

「好きになりたい」

なぜそう思ったかは正直わからない。

いかなる男性をも、負けを認めたくはなかった今までの自分。目の前にいる相手に勝ちを感じることを通して、その相手ではなく、父を、ギャフンと言わせる気持ちでいた自分。そのために、いかなる努力をしてまでも、どんな状況であろうとも勝つことに執着していた自分。

ただ敵であるだけの、愛を感じる対象でも何でもない対象。心がそんなふうなのに、なんで快く受け入れることができようか。なんと折れ曲がった心。

この夜はじめて、素直な自分に帰っていった。

好きになりたい、イコール、それは受け入れたいということだ。

愛。人間愛。信頼愛。博愛。

ただの男女間にあるいやらしいイメージのものともちょっと違う。もはや敵ではない。素直さを見せてもいいと思える安心感がある感覚。自分自身を出していい相手。人間同士の繋がりが感じられることのできる対象。

肩の荷が下りたのだ。

天上界のはるか遠くから降りてくる、無圧な1本の線が成し遂げてくれた解放感。一瞬で変わる感覚と心。

そのままの自分でそれからも生きていけたらどんなに幸せな日々だろう。

おそらく、この辺で一件落着といってもいいところだと思うが、どうやら自分の場合は、そうは問屋が卸さないようで。

そのあと、いよいよ自分の人生をかけることになる最後の時を迎える。裁縫で例えるなら、今までの人生をしつけ縫いだとすると、ここから始まる最後の苦しみは、新しい人生を始めるための、まつり縫いだった。

その前に、父の他界に伴い社長業をすることになる自分。本当のことを言うと全く興味はなかった。80才くらいで2～3年して退官させてもらおうと思っていたほどだった。それより、80才まで働こうと思っていたのか、自分？　とっくに定年は過ぎているのに。

当然だが最初の年は無我夢中でいた。人間とは本当に不思議なもので、こんなどんくさい自分でも、曲がりなりにも2、3年を過ぎる頃から、なんとかかんとか、自分だけでどうにか回せるようになってゆき、そこから少しずつ自信もついていった。あることを除けば。

「バケモノ誕生」

最近、なんかおかしいことがある。理由はない。何だろう。

昔から皮膚は弱いほうではあった。体も弱いほう。でもそれにしても、最近体のどこかしらが異常にかゆい。触ればそこは、途端に真っ赤になり腫れ上がる。このところ忙しすぎたから体力が落ちているのだろう、それの反応だろうくらいにしか考えてはいなかった。でも、それにしても……。

最初は手や足にその症状は出た。手先から始まり、腕全体に広がっていく。そして足にも。こうなってくると、もはや気のせいではなくなってくる。

ある朝、目を覚ます。やけに顔中をかきまくっている。顔を。それで目を覚ました。普通に今まであり得なかったことだから。

なんとなく炎症っぽい熱が顔から感じられる。それにしてもかゆくてたまらない。洗面所に行った。鏡に映る。


「！！！！！」

うんと前、まだ小学生だった頃、フランケンシュタインの漫画やドラマを見たことがあったが、今、実録として目の前でそれを見ている。いや、あれよりもっと、凄い。こんな顔のニンゲンは見たことはない。何かのマスクでもなくリアルなものとしては。

触ると、触った後を追うように、確実に皮膚がただれて動き変形し、直後盛り上がって真っ赤になっていく。おそらく寝ている間じゅう、かきまくったのだろう、その痕跡がそのまま残っていた。

「目はどこ？」

「口は？」

「鼻は？」

自分の顔のパーツを探してみる。盛り上がった皮膚の底から引っ張り出してモトを探る。別人というより変人。人の顔ではないのだから。そんな顔面など、この世にはないのだから。というそれを、鏡は正確に映していた。ここまで変わりきれると、かえって冷静になるものだ。腹をくくるしかない。

おかしな話だが、眉毛だけは変わらなかった。定位置のまま。そして炎症症状の証拠とでも言うべき、体重の増加が始まる。全身が日に日に重くなり、1日何キロかずつ増えていき、しまいには力士部屋への入門も夢ではなくなるという事態にまで発展する。

そこからは全部あっという間だった。ものの見事にその症状は全身にくまなく回り、全身マッカッカの火だるま人間と化し、そして悲惨なことに、全身から膿みのような汚いものが体中の全面積から噴出しはじめる。それはまるで、熟し過ぎの真っ赤の表面を呈した物体が、汚い何かしらの液体を全身から噴き出して、人の形をしたニンゲン人形として毎日を生きることを強いられるという。

なんとも超予定外・超予想外な現実と共に、これから生きてゆくこととの対峙の始まりでもあった。

「もう地獄はない。そう思っていたのに」

ここからが、新たなる「生き地獄」のスタートになってゆく。

「この世には本当に、神も仏も無いのだろうか？」

「地獄を体験した人間は、永遠にそこからは這い上がれないのだろうか？　もう大丈夫なように見えても、またどこかで、今度は違った意味の生き地獄を経験するようになっているのだろうか？」

「幸せになることは自分にとって、それほど遠いことなのか!?」

「幸せにはなれないということなのか!?」

「なぜ。なぜ苦しみは、また自分のところにやって来るんだ!!」

闘いが始まる。毎日毎日、かゆみと痛みとの闘い。24時間それらの症状は治まることはなく続き、襲ってくる。夜も眠りたくても勿論眠らせてはもらえない。それでも、うとうとして寝に入ったかと思うと、1時間か1時間半後には起こされてしまう。全身をかきまくって、剥がれた血だらけの皮膚の雪や雨が顔中に降ってくる。否が応でも起きてしまう。それが毎日の普通だった。

膿んだ人。そして全身から何か不思議な汚い液体を漏らしている見たことのない物体。たぶんこれは顔だろう……。原型がわからないが、たぶん女性の人なのだろう……。どう思われても、それが現実の自分。どれも自分。仕方ない。

そう思って自分をなだめればなだめるたびに、ふつふつと、「悔しい！」という言葉が浮かび、「むなしい」という心境が同居する。「叫びたい！」という、その時持っていた一番の素直な感情が、ぐっと奥歯を噛んでこらえているのがわかる。

当然そのままでは外を歩けない。努力を要する。

「いかにして隠すか」

日々のテーマが誕生する。

「にんげんだってば！」

目深に帽子をかぶり、マスクにメガネ。そこまで隠しても、体全身の溢れる膿みは隠せない。手は綿の手袋を何重にもしているが、下からどんどん滲み出てくる。

だからと言って誰かが助けてくれる訳ではないのだから、生活はいつものように続けなければ食べてはいけない。仕事もするし買い物にも行く。普通に生きている。自分としては。

世の中には色々な人がいるものだ。それが当たり前なのだろう。

スーパーに行った。いつも通りの風景。必要なものに手を伸ばす。ただ、それが無機質っぽいものであったなら良かったのだろう、きっと。

その時。

自分にとっては普通だが、他の人にしてみれば運が悪いシチュエーションなのだな。

私が手にしていたのは、野菜だった。

見逃さない人にとっては嫌悪感以外何もない自分の姿。

「あっち行ってよ」

そう。自分はあっちに行ってよの人。病気だからって思いあがってはならない。

これが現実というもの。

だが慣れてはいた。その日言われる前に、もっと前から何度も苦情と好奇を視線で訴えられてきたから。言葉に出して言われなかっただけ。だから絶対に、商品選びに時間もかけないし、色々触って物色はしない。決めているものを目で選んで、取ったらすぐにカゴに入れていた。

「ダメよ。そばに行ったら」

「おばけみたい」

「えっ！」

通り過ぎたあとに聞こえてくるひそひそ声。

子供はおもしろがってわざと覗きにくる。心無い若者達からはクスクス笑われる。運が悪けりゃ何人かの集団の異様な視線や色んな声が漏れてくる。

「よくあることだろう？　自分。しっかりしろ！」

好奇の目にさらされる今の自分の普通の現実。

毎晩の睡眠時間がたった1時間でも、人はいざとなると生きていけるものだとわかった。そんな極限の生活も2年を迎えようとしていた。

疲れていた。疲弊しきっていた。

心も体も精神力も、持っている力の全部が、もう空っぽで何も無い。

日中はまるで何もないかのように明るく振る舞い、笑顔を絶やさないでいる。いつも通りに仕事をこなす。本当は常時襲って来るかゆみと痛みで逃げ出したいくらいなのに、我慢することに慣れている自分が、自分で自分を不自由にさせていた。

夜、家に戻る。努力してもしても一向に快方へとは向かわない我が身が、昼間の忙しさから解放されて自己主張を一斉にし出すと、まるでヒートアップしたかのように、その症状を増して襲って来る。

今までのことを思い出す。
小さかった時のこと。
闘っていたこと。バカにされてきたこと。
誰かを守るために立ちはだかったこと。
恐怖をこらえて生きて来たこと。
毎日こわくて、心臓が鳴っていたこと。
男の人がこわかったこと。

今までの自分の歴史。起きたこと全部。決して幸せだったとは言えないその全部。たとえ今は病んではいても、ずっと幸せの向こう側にいたことなんて、誰も知らない。そして、今も。

自分から苦しみが無くなることはないのか。

「う、ううう」

嗚咽か泣いている声か自分でもわからない。

私は何のためにこの世に来たのだろう。自分は一体、何だろう。

今までのこと。過ぎて行ったこと。みんな。みんな。

今と過去が交差する。混雑して溢れかえって、充満して漏れてゆく。

「うう、ううう、うううううう」

胸の動悸が早鐘のように鳴って止まらない。呼吸が激しくなり過呼吸に近づいていきそうだ。視線はどこを捉えているのか。頭は何を考えているのか。

両手の親指をどちらもグーにした中に入れてこんで、握りしめて震え出す。と同時に頭や顔が同じリズムで震え出す。次第に両方の目は獣のように獰猛で完全にすわりだす。口から液体を垂れ流しながら、何か発しているようないないような、ひとりごとのような、何かの音を発している。

「ううううう」
「ううおおおおお！！！！！」

人生分の憤りが出てくる。肩で息をする。

夜は静かだった。いつも以上に。
とても静かだった。
静けさは一層、私に狂気を与えてゆく。

私は生まれて初めて正気を失う。思う存分、別の人格。
そして発狂した。
自分に暴れたのだった。狂った。
自分や過去や現実や、自分に関する全てに対して襲いかかる。
そして、
神と対決する。

「うわああああああ！！！」「うわあああああああ！！！！」

壊れた。
人生分、全て壊れたのだった。地球一恐ろしい、生きている物体と化した。
簡単に１００回は叫んだ。もっとだ。
叫ぶというより襲いかかる声。それはケダモノ。魔物の声。

喉から血が出る。声と共に出るよだれや口の液体に赤い色が混じっている。

もはやヒトではない。

心や気持ちや感性など、そんな高等な神経などみじんもない。鬼より怖い、恐ろしい魔物。もしも今、誰に見つかって見られたとしても、見られる恥ずかしさより、それで我慢して本音を出さずにかみ殺しているほうが、もっと不幸だ。


赤の他人よ、言うなら言え。笑うなら笑え。

生きて来たんだ。生きて来たんだぞ！


雄たけびをする自分。叫ぶ自分。泣くという行為は忘れている。こんな切羽詰まった時でも、相変わらず体全身から噴き出る膿み。


応援しているのかよ！　出方がどんどん激しくなる。

汚れた体をバンバン叩く。叩いて叩いて叩きまくる。

「なんでこうなんだよ！！！！」

「バカヤロー！！！！！」

体全身がつってくる。胸いっぱいに呼吸する。

息が止まりそうになった。

「死ぬのか？」

「そのほうが楽かな？」

体はよくできている。簡単には死なないように、自然発生的に、元に戻るシステムになっているようだ。少しずつ、息をゆっくりしながら呼吸を戻す。次第に、いつもの壁や部屋に見えてくる。

心には何も無かった。頭は何も考えていない。

「空」だった。

カラであり、無だったのだろう。全てを放出した。

「かみさま……」

やはり最後はここへゆく。意識を超えて浮かぶその名前。人間の魂には神様の魂の分身となる分け御霊というものが入っていて、それを持ってこの地上に降りてくるという。

だから、困った時は誰しもみな、最後はここに来るのだろう。繋がっているのだ。その時、ある意味、白になっていた。何も無い代わりに、心が白くなっていたと思う。

白。純粋。素直。

そこで神に問うてみる。

「どうしてわたしばかりをこんなめにあわせるの？」

「かみさま、こんなことをしてうれしいの？」

「どうしてなの？　どうして？」

「わたしがしあわせになるのは、かみさまにとってはふしあわせなの？」

「おねがいします。おねがいだから、わたしをこれいじょうくるしめないで」

「おねがいだから、もうやめて」

「おねがいします。おねがいします。おねがいします」

「おねがいだから」


「かみさま！　かみさま〜〜〜〜〜！」

「わたし、どうしたらいいのおおお！！！！！」

「うわああああああああ！！！！！！」


白くなった心の人は、もう大人ではなくなっていた。小さかった頃、父の暴力から逃げるようにして近くの草むらに隠れ、帰ってきて、襲いかかる父に両手を広げて仁王立ちで家族を守ったあの子。

あの時の……。あの頃の……。私。あの頃に。戻っていた。

よく思っていたこと。

もしかしたら自分はこのまま、一生普通の人生は生きられないのではなかろうか。苦しみのない普通の、ごく普通でいいのに、そんな生活は、これからもずっと出来ないのではなかろうか。

父が他界して、ほんの少しは気持ちの上で楽になっていた。正直もうこれ以上何もないだろうと信じていた矢先。けれど、自分の場合は別なのかもしれない。「幸せ」なる言葉を思い浮かべてはいけないのか。

思いたくはない。けれど、思いたくなってしまう。

「これって神様からの、いじめ？」

もしも、精神力を強くして、人のために生きていけるようになってくださいね！　と、神からそうお願いされるがための試練であるとしても、ぜひ、のしをつけてでも返品したい！


悲しみと怒りの渦は波のように、引いてはまた戻り満ちてくる。

おさまったかのように見える憤りが、またどこからか忍びよる。


「なんで自分にばっかり、そんな目に遭わせるんだよ！　地球には何億の人がいるか知ってんのか！」

「なんで小さい時からずっとずっと、何度も何度もこんな目に遭わせるんだよ！　なにか文句でもあんのかよ！」

「ケンカ売ってんのか！　訳があるなら言えよ！」

「なに黙ってんだよ！」

「おまえ、それでも神か！　出て来い！」


当たり前だけれど、そんな時でも神は近くには決して来ない。そんなふうじゃ、来ても見えはしないだろう。感じることは出来ない。

「自分の本当の敵は身内でも男でもなく。おまえさん。あんた。自分自身さ」

もしも近くに来て何か言うとするならば、こういうことを言うのだろうと察する。

そう察すれば察するほど、輪をかけて腹が立つ。

泣き叫ぶ赤鬼はわかっていた。意識と心がそれを認めたくないだけ。

ひとしきり泣き叫ぶ。それも時間の経過と共に、激しさや中味が微妙に違い和らいでいき、意識も元の場所に戻ってくるようになる。やはりニンゲンだったのだ。どんなに挑戦しても一気に野獣にはなれない。

そうなると、今度は自分がとても惨めで恥ずかしく思われ、また、今まで背負ってきたことの全部が再び合計して押し寄せてきて、さすがにひとりでは持ちこたえきれずに疲れを感じ、それでもやはりまだ泣いていて、今度は布団をかぶって最後の力を出して泣くのだった。

顔中に涙と鼻水とよだれがフルでくっついている。すでにカピカピになってひからびているところもある。体中の水分を出せる場所の全部に協力してもらいながら放出させていた。

ある意味。浄化だったと思う。腐ったものは全部出さなければ、きれいなものは入ってくれない。体中から思う存分、出し尽くす。

布団の端をくわえていた。体を丸めていた。

それはあの頃の自分。子供だった頃の自分。

「絶望」

淵にいた。極限だった。

もしかするとこのままかもしれない、治る見込みは無い、と覚悟しなければならない。それがわかってくる。追い打ちをかける。それは神？　運命？　宿命？

人間は、これ以上の感情はもう持っていないと自分で自分を悟った時、
そして、もうこれ以上、気持ちの行き所はどこにも無いと知った時、

そんな時、人は、
「泣かない」ものだ。
「うめく」のだ。

地下、どれくらい下から来る声だろう。初めて聞いた、そんな声。
最果ての最果てにたどり着くと、人はそうなるのか。

自分で自分を改めて知る。
もうこれ以上の無理をさせてはいけないのだった。

膿みは心と体の膿み。最近始まったものではない。
小さい時から今までの、永い永い間で感じてきた、心と体の中に溜まっていた、あ

りとあらゆる感情と潜んでいたものたちが、膿みとして出て来たのだ。何十年。私は色んなものを蓄積させて来たのだろう。心と体の悲鳴が聞こえる。

うなってうなってうなり通した。それはまるで地獄からの声。じゃなくても限りなくそれに近い。色んな意識を超している自分がいる。空《くう》の先には何があるのだろう。

涙が一筋だけ落ちてくる。ああ、まだニンゲン的な感情が残っているんだなと、少し安心する。あれだけ神を罵倒した自分。いつも心を支えてくれた神と仏。見えないけれどいつだって心の中にいる存在。忘れたことはない。

神や仏との出会いがなかったら、自分はとっくに死んでいた。人間はそんなに強くはない。でも強く生きた。だからいけなかった。そこがいけなかったのだ。たとえ超えて強く生きても、それは本当の強さではないのだから。本当の自分ではないのだから。

今、黙ってこちらを見ている。ように思える。

いつもは背中に乗せてもらっていた。その存在。
なぜいつも、抱かれることはなくて、おぶってもらっていたと思うのだろうか。
それはきっと、顔を見せると甘えが出る。だからだ。
それも御慈悲だった。そんな御慈悲もある。そんなふうに思っている。

でも自分は反抗した。こんな思いをしているぞ。まだ続くのかと。
生きて来た年数分の反発をした。甘えたかった反比例をした。

乗せてもらっている背中。とてもとても大きな背中だった。思えば、場合によってはその背中を見せてもらうことだけで安心をもらっていたり、悲しみのどん底にひとりでいた時は、そこであやしてもらっていた。感覚的だけれど、そんな感じがする。

でも今日は違う。
ずっと、こちらを見ているような。そんな気がしてたまらない。

人生で最大の崖っぷちに立っていた。

もはや誰が悪いなど第三者の対象などいない。

今は以前とそこが違う。自分の問題。

「これを、どう受け止めてゆく？」

「自分、ここからどうする!?」


正念場だ。


世の中や人の身の上には色々なことが起きる。

そこからどんなふうに立ち上がるか。

そこがミソなんだ。


そんなことわかっている。でも難しいんだ。それが楽に出来れば苦はない。

神じゃない。人間なのだから。

時間の経過と共に少しずつ落ち着いてくる。
静かな時間が来た。

ふっと。なぜだか、ふっと。こんなことを思い始める。

ツイてた？

そんなふうに思えてくる。
え？　そんなふうに思える自分って、今までいただろうか？

もし……。これまでの人生のどこかで、全部の気力を出し尽くして、そして元に戻って来れなかったならば……。そこで命も尽きていたことだろう。それが自分には無かったのだから。
今までどんなことがあっても自分は生きて来た。生きてゆくような展開しか与えられていなかった。だからこそ辛かったという現実もあったけれど、でも、命を大事に出来るような踏み方をさせてもらえて来た。そういう捉え方もできる。
これを、ツイてる、イコール有難い人と思わないで、自分は一体何だ。
おこがましいんじゃないのか?
こんなふうに我が身を顧みて思えるということ。
やっとここまで来れたような気がすること。
ここに心から感謝しないといけないと気づく。
あらためて、神仏に手を合わせることの有難さを知る。

「だからどうした!」

人には、偶然のように見えるが必然のこと、というのがあるそうだ。
少しずつ何かがわかり始めて来ようとしていたその頃、たまたまある番組を見ることに。予定ではなかった。

知覧。特攻隊。

この国は今からほんの数十年前、戦争をしていた。

明治生まれの祖母は事あるごとに、戦時中の話をよくする人だったから、もしかしたら、他の同世代の人たちよりも、そのあたりの背景についてはよく聞いているほうかもしれない。

その中に、こんな人たちがいたのだ。若いという年齢に、時代とか今とか昔とかいう違いや差はないと思う。誰にだって夢がある。やりたいこと、未来、将来がある。生きたいという心理は当然の心理だ。その逆になってしまうことへの恐怖も同じ。

あの頃。そういう時代背景だった。生きないことを背負って散ってゆく命。

両親に宛てた、ある1通の手紙が読まれる。

＊＊

『謹啓
御両親様におかれましては　御壮健、御健勝のこととお慶び申し上げます
御父母様どうか喜んでください

いよいよ
自分も待望の大命を拝しました
日本男児の本懐これに過ぐることなく

後に続く青年たちが
平和で世界に誇れる文化国家を築いてくれることを信じ
護国の花と立派に死んでいきます

御父母様
これが最後の便りとなります
先に死んで孝行できない親不孝の段、どうかお許しください

どうかいつまでもお元気で
ご機嫌よう
さようなら』

たしかこんな一節だったと記憶している。

身はたとえ南の海に朽ちぬとも
留めおかまし神州の道

恥を知れ！
いつか父に言ったそのセリフ。それは自分のためにある。自分の根性がそうだから、

そうなるんだ！　この大馬鹿野郎！　親に言ったセリフは、全部自分がかぶれ！

この国の未来のために散っていった人たちがいた。これは事実だ。同じ人だ。同じ日本の人だ。時代が違うやなんぞ、そんなこと全く関係ない。生きるということがわかっていない、この自分自身。ふざけた甘え野郎とは自分自身だ。

物凄く腹が立つ。

何が苦労だ！　バカを言うなよ！　何をどう苦しんだって言うんだ！　それくらい、生きてるんだから、苦労もあるヤツにはあるということだけだろ？　それが何だよ！だから何だよ！　それがどうしたっていうんだ！

「だからどうした‼」

「感謝」

「自分よ、お前に聞く。
お前はなぜ、そんな体になったと思うか？」

「自分よ、お前に言う。お前はなぜ、悔やむのか？　なぜ羨ましいと思うのか？」

「なぜ、そのようになった我が身をさらしてゆかぬ？」

「お前はなぜ、神や仏に手を合わせるようになったのか？」

「お前というやつは‼」

「隠すな！　自分をよく見せようとするんじゃない！」

「その見苦しいまでの腐れた体を人さまに見せて、これを良い反面教師として、どうして人に伝えぬ？」

「開き直れ！　人を羨むな！」

「それでも生きてゆく自分を、自分に見せてやれ！」

「対峙するは誰でもない。自分自身なんだぞ！」

「お前、手足はちゃんと動けるだろう？」

「行こうと思えばどこにだって行けるじゃないか！」

「普通に仕事も出来る。不自由でも天上ばっかり見ている訳ではないんだぞ！」

「お前、本当の不自由さを知っているのか?」

「本当の苦しみをどこまで知っている?」

「自分のことすら自分では何もできない。人さまの手を借りなければならないという苦しみがあることを、お前は知っているのか?」

「本意ではなくとも犠牲になってゆくことを、お前はどこまで理解できる?」

「したいことを全部、自分で出来るということ」

「人としての誇りを傷つけられないということ」

「人間としての尊厳を損なわねばならない目に、遭わないでいられるということ」

「信じる道を貫けるということ」

「それをこんなふうに言わないか？」

「自由」

「この際だから言っておく。その根性、叩きのめしてやるからな！」

「おい、お前、考え間違いしていないか？」

「前、色々親のことを言っていたよな。お前一度でも、産んでくれてありがとう、自分をこの世に出してくれてありがとうって言ったか？　直接じゃなくても、心の中ででも、言ったか？　考えたか？　浮かべたか？」

「じゃあ聞くけど、オヤジはお前を殺そうとでもしたのか?」

「お前、毎日着る物なくて裸んぼうだったか?」

「風邪ひいて熱あっても、外に出されるような虐待受けたか?」

「食べる物を与えられなくて、毎日腹すかせて病気になって、腹がふくれるほどの栄養失調にでもなったか?」

「この子の親はこういう親でございますと言いふらされて、恥かきまくって自殺するしかないと毎日思うような生活だったか?」

「え? どうなんだよ?」

「お前さあ、自分が何様だっていうの？」

「親は完璧か？　人間は完璧でなくちゃだめなのかよ？」

「忘れてないか？　生き抜くということはどういうことだったか」

「お前は忘れたのか？　お前は捨てたのか？」

「どうなんだ？」

「今まで何のために生きて来た‼」

「それもわからんやつは。死ね‼」

自分で自分に言う。

神と仏が見ている。

自分で気づく。そこに気づく。そこを。見ている。

そこが、「訓」だった。

これに気づくまでの有難い修養だったのだ。

物事には全てに意味があるという。

踏まれても踏まれてもあり続ける富士。泥水を吸って這い上がる蓮。
人もそうなのだろう。

時に、人生とは不思議の連続だと聞いたことがある。
私にはこの時に訪れる。

まるで嘘のような有難い不思議だった。

この日を境に、あれだけ真っ赤だった全身の皮膚から「赤」が引いてゆく。朱色、ピンク、しまいには肌色へと変わる皮膚の色。膿ももう出ない。そしてそうなるに要する期間はそれ程費やしてはいない。

「神様、感謝します」

ふたたび、また神の背に乗った。視界に入る景色は今までとは違う。
背筋を立てて見渡す自分。少しはしゃいでいる。

「お父さんお母さん、産んでくれてありがとうございます！」
「私にまつわるすべての人たち、ありがとうございます！」

「生まれてきて。
よかった！」

「見方変えれば」

気持ちと体はいつだってイコール。これはどうやら本当らしい。私は身をもって人体実験したと言える。嬉しいことに、体の状態が段々整ってきた。心も軽くなる。そうなってくるとしめたもの。


自分への客観視。これが自然とできてくる。

今まで自分目線で捉えてきたことも、果たして本当にいいのだろうか？　そうだったのだろうか？　と思えるゆとりすら出る。


自分史に登場した人たち。私をこの世に生み出し、修養させるに必要だった人たち。色んな悪態もつき、恨みもした。ののしりもした。

もうこの世にはいない。仏様になっていつも見守っておられる。

高い所から今の自分を、どんなふうに見ておられるだろう。

「父さん。元気ですか？」

「父さんは、本当は違うことを思っていたのではないですか？

本当は違う生き方をしたかったのではないですか？

小さい頃、おじいちゃんがあんなに離れた場所で暮らさずに、家族のそばにいつもいてくれたら。

本当は自分をわかってくれる人がほしかったのではないですか？

ひい婆ちゃんから溺愛されたんだってね。でも本当はそんな甘い愛じゃなくて、たとえ厳しくても、大きく受けとめてくれる愛情を求めていたのではないですか？

今はもう、話すことは出来なくなったから想像で言っていますが、何となくそんな気がしています。

父さん、言えなかったことがあります。

父さんは、私を本当の親も同然に育ててくれた人たちに、ありがとうって1回でもいいから、言ったことがありましたか？　もしなかったのなら、そっちからちゃんと言ってくださいね。

私は心から感謝しているから。

それから、生きている間は縁が薄くて、まともに親子の会話なんてしたことはなかったけれど、思っていることがあるから、聞いてください。

私をこの世に出してくれて、ありがとう。

感謝します。

あなたにはあなたなりの苦しみがあったと思います。ジレンマもあったのでしょう。少しずつ、わかるようになってきています。

今までは、私もその時その時を必死に生きていたから、そこまで思う余裕がなかったのです。振り返ったりすると、自分や自分の運命に負けてしまう、そのような気がしていたのです。

知らない土地で小学生になった私のところに来てくれたことがありましたね。私が父さんの手を握ろうとすると、ものの見事に振り返されてしまいました。もう忘れたでしょう?

私はあの時から闘いを始めました。

もしかして、あれは恥ずかしかったのではないですか?

あなたは色んな意味で普通にしていなかった親なもので、おそらく子供の親という感覚が鈍っていたのだと思います。なのに、娘はそんな親の心は知らないで、嬉しくてそんな幼い行動に出てしまい、急にそんなことをされたものだから、どう対応してよいものか、わからなくなったのではないかなと、随分あとにはなりましたが、そんなふうに思うようになってきました。

ほんのちょっとのすれ違い……。わずかなこと……。

私も父さんも、いえ、もしかしたら人というものは皆かもしれません。
ほんのちょっとの気持ちの通じなさで、ここまで、まるで尊い命を削るような思いをし続け、運命を自分で翻弄させ、苦渋を強いるような生き方をしてしまうものかと。

これを思うと涙が出てきます。
後悔といってもいいかもしれません。

でも。見方を変えれば、それもまた神様からの宿題だったのかなと、そう思いました。それがあったから、そんなふうに「感謝」できることがあったのですから。

父さん、ほんのつい最近のことですが家の荷物を整理していたら、その中に、初めて見るものが混じっていました。何だと思いますか？

赤ちゃんを抱っこして満面笑顔であやしている。お父さん座りをして、さも愛おしそうにその赤ちゃんを抱いている写真です。

その人、あなたの若い頃でした。裏に万年筆で書かれた日にちで、その日が何の日か、すぐにわかりました。私の両親が別れた日です。そして、こう書かれていました。

私の名前と。それに並んで。
生後１００日。

女房は出ていったけれど、お互いがんばんべ！　と言ってくれてたんでしょう！

ありがとう！

私が生まれてきて、本当は嬉しかったんだね。ありがとう！

私は望まれて生まれてきたんだ！

そっちの世界でもし、神様という方にお会いしたら、私が心から、生まれてきたことに感謝しているようだと、そうお伝えください。頼むよ！

神様、私は生まれてきたよかった！　ありがとうございます！

ありがとうございます」

そういえば人はみな、神の分け御霊を持つ神の分身だということを思い出す。そしてこの世の修養を終え、元々の魂だけの姿に戻って、高い高い所を目指して旅立っていく。どの人にもみな、その人なりの生き道があり、果たさねばならないことがあって生まれてくる。

私には私の。

果たすこと。それは使命、と言ってもいいだろうか。役目、だろうか。

それとも。


天命。

私にも何かあるのだろうか?


春の気持ち良い風が吹いている。

春。6才の春。高3の春。学業を終えた春。春はいつも春の嵐が吹いていた。その嵐をひとりで受け止める。

今日の風は心地よい。春は暖かい季節なんだ。そんなことを思える自分が嬉しい。幸せって、こんなことなのかなと思う。当たり前のことをしみじみ感じられること。季節の移ろい。温度や吹く風の変化。日常のささいなことを慈しむように感じたり、季

節や風土の中で、生かされていることに心を寄せたりできることが、素直にとても嬉しい。

起きたこと、それすべて、それで良し。そのままで良し。
なんだ。きっと。

春か……。始まり。
今から。自分が始まる。
そう。思う。

「ここに、いる」～小さな丸い玉になりたい～

過ぎてゆく日々。真新しいニュースや出来事が起きる時代の中。

でも何も変わってはいない。

新しく感じられることがたとえあったとしても、よく観察してみると、どれもが起きるべくして起きたようなものばかり。所詮、人とはそんな生き物なのだ。そんなに急ピッチで変化する生き物とは思えない。

私。そして今まで。

ずっと激動の中にいたと思う。嵐の中で生きていた。でも面白いことに、過ぎてしまえばどれもたいしたことには思えない。のど元過ぎればとは、よく言ったものだ。あるいは、質的に見ても余りにも凄すぎたことと、量的にも目一杯過ぎたため、逆にあまり感じなくなったとも言える。

何も、ない。たぶんこれが普通なのだろう。凪。なんだ。今、自分は。

平穏な安楽な、静かな日々。特別に大きな喜びもないけれど、圧力や恐怖感もない。

あの日。体じゅうの毒を全て出し切り泣き叫んで人生と格闘した日。

地獄という境地でうめき、這い上がったあの日。

そして今。普通という言葉が似合う日々とそこにいる自分。

ここまできた。やっと。

でも、あの幼い頃と、本当のところは何も変わってはいないのかもしれない。臆病で怖がりで強がりで淋しがり。ただ……。その本当を見せる暇がなかったから、どこまでを見せていいのかわからずに、抵抗すら覚えるようになってしまって、大人になったということだけだ。

私の生きて来た半生。まだ100年も生きてはいない。
これから！　だ。

だけど、悲しいことに。命は永遠ではない。
いや悲しいのではないな。限りがあるから生まれ変わろうと本能的にもがく。そしてまた新たな人生を生きていく。その時命の光は、受けた傷とそこから学んだ分だけ光り輝いてゆく。

そしてそうなるために、人は過酷とも付き合うし、乗り越えようともする。

自分の意志や意識を超えて。

その妙こそが、「生まれてくる」という深遠な意味なのだなと、心から思う。

ずっと大事にしていたある新聞記事がある。そこだけを切り取って机の中にしまっている。つたない1つの文章だけれど、私は今でも大事にしている。もうかなり黄ばんでいるその紙きれは、以前、苦しくてたまらない時よく読んでいた。

自分を奮い起こすためにだった。

生きるということ。その根源に着くために。

＊＊

「おなかをすかせた名もない犬」

その犬はある家のネコの食事を、離れた所からじっと見ていた。
毛が抜けて赤裸。やせこけている。
ネコが食べ残した皿を持っていってやると、数秒でたいらげた。
かまないのだ。

歩き方からチョっちゃんと名付けたその犬は、何度もやって来た。丸飲みを繰り返す。
おなかをポコンと膨らませて帰ってゆく。
食事をさせていた人は、不思議に思って後をつけた。行き先は廃屋だった。
破れた窓からそっと見ていると、背中を波打たせ始めた。ゲポ、ゲポ。
吐き出した食べ物に何かが群がる。子犬だった。何匹もいる。

チョっちゃん、あなた、お母さんだったのね……。

粛然と立ち尽くすのだった。（２００５年11月21日　西日本新聞「春秋」一部改変）

だから？　と言われたら何も残らない。

犬だからしょうがないんじゃないの？　だろうか？

生きぬくということ。命を全うするということ。

それが命あるものの最たるお役目なのだ。自分の今までもそうだった。

まずは生きること。

その繰り返しの日々の中、今まで生きてきたし、それしか自分の人生を振り返っても出てこない。この記事を読んで、自分はまだまだだなと思った。種の違いでヒトとして生まれては来たが、一緒じゃないか。

人って何だろう。

お金がある人。
学が高い人。
偉いと言われている人。
親が立派な人。
好きなものを何でも買える人。
いつも威張っていられる人。

同じ生まれて来た人どうしなのに、生まれた瞬間から全ては違って、始まる。
自分は何を果たすためにここに来たのだろうか？　ここで生きているのだろう。

宇宙の上の、もっと上のほうから見たならば、自分というひとりの生き物なんて、ほんの微細な単位に過ぎない。どんなに生まれ変わって、永遠に続く命の連続を繰り返している、その最中にあったとしても、それは同じなのだろう。

体を病んでいた頃、気持ちと体は繋がっていることを何度も痛感した。それはまるで、自分の体の中にも宇宙があるような感覚だった。見えないけれど響き合っているという不思議な世界があった。まるで体と精神が、意識を超越したところで理解し合い、また、もしかしたら、本当にそこから宇宙のどこかへと繋がっているのではないだろうかと感じられる瞬間でもあった。

魂が息吹く瞬間。

時代はいつも移り変わってゆく。百数十年前、この国にはまだお侍さんがいたのだ。電車もなく携帯もコンビニも何もない。これから１００年先。どこまで進んでゆくのだろう。

進む。
時代も進む。人もまた。

どんなに発展し進歩しようとも、神の領域から見てみれば、それらはどれくらいに映るのだろう。

人は何のために生まれて来る？

天から見れば。
神から見れば。
宇宙から見てみると、どんなふうに映っているのだろう。
宇宙。そこに浮かぶ青い星。地球。

神様、私はこれから小さな丸になります。どんなに探しても見えないほどの、小さな小さなまん丸の丸い玉です。できるだけ小さく、邪魔にならない形と大きさです。

でも、小さくて見えないのに、その玉からは眩いばかりの光が発せられています。もしも近づいていったなら、眩さでまばたきも出来ないほど。だから何となく、あそこにいるのかなとわかってもらえる。

それくらいでいいです。

誰かが困っている時。淋しくて泣きたい時。苦しさで死にたい時。ひとりぼっちの時。そんな時、その小さくて丸い玉が、どこからともなく自分のほうへ光を放ちます。思えばすぐに届く光。

その光を感じると、なぜだかわからないけれど、
生きていてよかったと思えるのです。
明日も生きていこうと思えるのです。

いかなる人も幸せにする不思議な小さな丸い玉。
私はそんな、小さな丸い玉になりたい。

神様、どうか叶えてください。
そしてこれが、神様への、
私からの感謝状です。

すべての人には神様の分け御霊が入っている。
すべて、人は神。

すべての人へ。感謝。

完

エピローグ

最後まで読んでくださって有難うございました。

中には、こんな人もいるのか？と呆気にとられた方もおられたのではないでしょうか？　びっくりなさったでしょう？　私もびっくりしています（笑）。と、今では自分の人生を冗談で言えるまでになりました。やっと、ここまで来たなという感じです。

背負いし全てを人生の教えとし、みんな、それを伝えに来てくれた有難い恩師達だったのだと、心の底から思えるようになれた時から、私は変わり始めたと思います。

そしてたぶん、
それはもしかしたら、
神様からの卒業証書授与式。だったのではないかと。

そう思いました。

でも現実には、それに気づくまで、それを嫌がらずに受け入れるまでが大変で。正直、そこには想像を絶する自分との格闘が待っていました。とは言っても、まだ半生です。

幸せなんて、実感したこともなかった自分。そんな言葉、意味すら知らない。たったひとりで生きること。その予告を受ける3才の春。それを覚悟させられた6才の春。孤独を超えて生き、それを自分の強さに変えていたあの頃。

不器用な自分。一生懸命に生きることしかできない自分（これは今と変わりません）。どの自分達も懸命に生きて、命の灯を消さずにいた正直な人間達の姿です。

本書が初めてゲラになって届いた時、全部を通して読みました。こんなことを言うと、何を気取ったこと言ってんだよと言われるかもしれませんが、私は生まれて初めて、あの頃の全部の自分達を抱きしめてやりたいと思いました。それは、私からの卒業証書授与式でした。お疲れ様会でした。

そしてその時に見えた、過去の自分達の顔には、どの顔にも満面の笑顔がありました。ほっぺたを少し紅くして、ヤル気に溢れた、生きる力に満ちた、いい笑顔でした。

やっと。
ここまで。
来ました。

おそらく日本広しと言えども、ここまでの運命というか環境の中で生まれて生きていった人というのも、まあ珍しいと自分でも思います（過ぎてみてわかりました。最中はそれどころではありませんでした。）。

そして、世の中にはどんな苦しみや悲しさの中にあっても、懸命に生きている人がたくさんいらっしゃると思います。

私の本を読んで頂いて、少しでも励ましや勇気づけになれたらどんなにいいだろう、少しでも役に立てればいいな、と、本気で思うようになりました。だったら自分のことをそのまま書いて皆さんにお届けしようと、そう思うようになったのです。そして書くことに決めました。

振り返ると、どうも自分は「生き学び」をさせてもらったのではないかと思います。日々の生活と感情を通して、経験を学びと有難い人生教訓へと昇華させて頂いたのだと思いました。

ある時からこんなメッセージが聞こえてくるようになりました。実際には、聞こえるというか感じられるというか。声というより、音というより、光のよう、とでもいうか。

伝わってくるのです。

「これからは人を救う、導く人になりなさい」。

人にはみな、それぞれに与えられた天命があると言います。
私にも。あなたにも。

これからは、恩返しをする番です。
私にまつわる全ての方たちに。

生まれてきて、よかった！

ありがとう！

感謝しています。

最後に。

私はこの本を書きましたが、本書が世に出たのは、たくさんの人たちのご尽力があってのことです。多くの書籍の中でこの本を手にし、読んでみようと思ってくださった読者の皆様、心より感謝します。ありがとうございました。

また今回の執筆でお世話になった株式会社Ｃｌｏｖｅｒ出版の皆様、ありがとうございました。私を勇気づけ自信を持たせてくださった小田編集長、ありがとうございました。裏話ですが、「こんな本を読んでくれる人がいるでしょうか？」と言うと、「大丈夫！」と言って励ましてくださいました。これからも皆様のお役に立てる本を書けるよう、ますます精進します。そして外側からずっと支えて下さった小川会長、桜井営業本部長、ありがとうございました。

そして、この本を置いてみようと思ってくださった全国の書店の皆様、ありがとうございました。ひとりでも多くの方に励みと勇気づけになれるかも知れないのなら、こんなに有難いことはありません。有難く感じています。感謝します。印刷・製本でお世話になった皆様ありがとうございました。気持ちと文字が形になって伝わっていきました。感謝します。

感謝します。

田丸依莉

田丸依莉（たまる・えり）

作家、啓発家、劇作家、演出家。
数奇の運命の元に生まれ、物心ついた頃より、苦難と逆境の中で生きることを余儀なくされる。人間の持つ感情や本質、エゴに幼くして接し、人間とはいかなるものかを身をもって学ぶ。

三度の大病を経験するも、独自に確立した「心と氣の持ち方の意識変容法」で克服。見えないもの、聞こえないもの、を感じ取る感覚を持って育ち、20代で仏教に帰依。法名は惠龍。

創立100年以上に及ぶ私立幼稚園園長として一時代を築き、子供から大人まで育て導く。また幼児と児童のための創作英語劇、劇作家・演出家、子供の力と潜在能力を開花向上させる「子供のためのコーチングティーチャー」、子育てに悩むママ達を救う「子育て心理カウンセラー」としても実績を上げる。小学・中学・高等学校英語教師。日本盲導犬協会会員という一面も。

主著に「こどものためのそうさくえいごげき」（文芸社）
「あなたの子育てをハッピーにかえる28の魔法の言葉」
「はじめてママになるあなたに贈る18のおまじない」（ともに新日本文芸協会）

装丁／冨澤 崇（EBranch）
校正協力／大江奈保子
編集・本文design＆DTP ／小田実紀

膿《う》み　父親に、愛されなかった娘たちへ

初版1刷発行 ● 2019年5月30日

著者

田丸《たまる》 依莉《えり》

発行者

小田 実紀

発行所

株式会社Clover出版
〒162-0843 東京都新宿区市谷田町3-6 THE GATE ICHIGAYA 10階　Tel.03(6279)1912　Fax.03(6279)1913
http://cloverpub.jp

印刷所

日経印刷株式会社

ISBN978-4-908033-28-5　C0095